Para Alejandra
Lucero con mucho
cariño.
Muchas Bendiciones

EL MUNDO DE ZAPHIRAH

Alba Letycia

EL MUNDO DE ZAPHIRAH

ZAPHIRAH Y EL PORTAL MÁGICO

Nombre del libro: El Mundo de Zaphirah I. Zaphirah y El Portal Mágico
Autor: Alba Letycia
Diseño de portada: Ricardo Pérez/Comunicación Global Design
Edición: Georgina Vega, Issa Alvarado, Diana A. Pérez/Comunicación Global Design
Coedición gráfica: Aziyadé Uriarte/Comunicación Global Design
Ilustraciones: Dibujo de Gilberto Bernal, color de Daniel Cruz

© Del texto, 2022, (Alba Letycia)
Segunda edición: diciembre 2022.

Copyright 2022 Alba Letycia
© Reservados todos los derechos.
Edición especial
Queda rigurosamente prohibida, sin autorización del autor©, bajo las sanciones establecidas por la ley, la reproducción total o parcial de esta obra por cualquier medio o procedimiento, comprendido la reprografía, el tratamiento informático, así como la distribución de ejemplares de la misma mediante alquiler o préstamo públicos. El autor es totalmente responsable por la información en texto e imágenes del contenido de esta obra.

Reg.: En trámite
ISBN: 979-8-9876763-0-1

www.comunicaciongd.com

LIBRO UNO

Este libro está dedicado a todas esas niñas y niños que nunca dejan de imaginar y soñar. Lucha siempre por tu voz interior, la pasión y el amor, por todo lo que te hace feliz.

Muchas gracias por tener ese espíritu literario. El poder de la lectura es inimaginable.

Alba Letycia

AGRADECIMIENTOS

Gracias...

A Dios, por estar ahí siempre conmigo, por todo lo que me ha dado, principalmente, esta fe que tengo desde que era una niña.

Quiero agradecer a tantas personas que no terminaría. Primero, agradecer y dedicar este libro a dos personas que han sido una gran bendición en mi vida, todos los días son ese motor que me impulsa y su sonrisa me alumbra cada instante. Ellos son mis dos hijos. Los amo con toda mi alma.

Gracias a Julio, mi esposo, por todo su apoyo y guía. Te amo, gracias, amor. Gracias a mi querida amiga, Argie Martínez, por impulsarme a publicar mi primer libro; siempre estaré agradecida por sus palabras de empoderamiento.

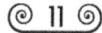

A mi familia, mi bisabuela Lala, mi abuela Cele (q.e.p.d.), por el legado prodigioso que dejaron en mi alma. A mi mamá hermosa que es toda fortaleza, a mi padre por sus enseñanzas, a mis hermanas por ser siempre incondicionales y leales. A mis tías maternas por siempre apoyarme en todo. A mis tías(os), primas(os), sobrinas(os), amigas(os). En especial, gracias a todas mis más leales amigas que siempre han estado ahí conmigo y a esa tribu maravillosa que ha sido una gran bendición en mi vida; gracias, MEYCE (Mujeres Emprendedoras y con Espíritu), por ustedes inició todo: alianzas, proyectos, conexiones en mi vida y tanta edificación. Muchas gracias a todas esas personas que se cruzaron en mi camino de vida y me dieron consejo, lecciones, aprendizajes, motivación a encontrar la mejor versión de mí misma. Gracias a todas esas personas que sigo encontrando, todas esas personas que están aportando para el crecimiento de mi carrera como escritora, como coach en cambio de hábitos, como ser humano. Las estimo, valoro y me siento muy agradecida.

No puede faltar mi editorial, muchas gracias a mis editores, ilustradores y todo el equipo de Comunicación Global Design. Estoy muy contenta con esta segunda edición. Gracias a mis mentoras y mentores, siempre apoyándome en varias formas para lograr cumplir cada reto, proyecto y sueño. ¡Todo es posible y tú tienes la clave en tu alma!

Alba Letycia

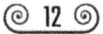

EL MUNDO DE ZAPHIRAH

Querida lectora o lector, soy Alba Letycia, la autora de los libros de *El Mundo de Zaphirah*, y este es el primer libro de la saga. Me siento muy bendecida por lograr publicarlos y dar a conocer esta historia mágica, llena de fantasía y criaturas inimaginables; con temas de resiliencia, superación, amor, ideales propios, valores, afrontar miedos, amarte tal como eres, amar nuestras raíces y alimentar el alma por medio de un mundo mágico donde la naturaleza brilla y resplandece todo el tiempo. Este mundo será contado en seis libros.

Zayeminc Baudé es la narradora de toda la historia, Zayeminc es un personaje que inventé, en el sexto libro se descubrirá la importancia de su rol en la historia. Para mí, es importante explicarte el personaje de Zayeminc, ella tiene mucho de mi esencia, la parte de querer ser una escritora y esa forma de lograr conectar con el lector, ella irá narrando esta historia mágica libro a libro desde su propia personalidad.

El Mundo de Zaphirah nació en un viaje que hice por auto, con duración de 20 horas, en mayo del 2013. Ese día observé por varias horas los paisajes tan hermosos que nos brinda la naturaleza y, de pronto, llegó a mí una idea de una niña de diez años viviendo en la Tierra, originaria de un mundo mágico llamado Lizandria, donde habitaban criaturas con grandes poderes mágicos, y así comenzó esta increíble historia llena de muchas enseñanzas, tanto para niños como para adolescentes y adultos.

Mi primer libro se publicó en noviembre del 2018; esta es la segunda edición y será publicada en este año 2022. Me han preguntado bastante sobre *El Mundo de Zaphirah*, por eso, dediqué esta página para ti, que estás leyendo en este preciso momento.

Sin saber todo lo que sucedería, seguí mi voz interior, el deseo de escribir este mundo mágico, todos esos personajes que tenía en mente. Plasmarlos en libretas. Quiero platicarte que en el año 2013 solo quería aterrizar todas estas ideas, toda esa magia, ni siquiera pasaba por mi mente querer publicar, mis miedos eran más grandes y, en esa época, para mí era algo imposible de lograr. Al ir investigando sobre temas para inspirarme, inventar personajes e imaginar un mundo con tantos lugares mágicos, algo en mí iba evolucionando; mi mente se iba transformando, estaba creciendo desde adentro hacia afuera y así seguí durante tres años más, escribir sin parar. Me di cuenta de mi crecimiento como ser humano y del amor por la escritura. Recordé mi infancia, la imaginación y la inspiración me llevaron a los recuerdos de mi niñez y, al final, este mundo terminó edificando mi mundo interior.

Todos podemos luchar por esos sueños perdidos del pasado, por más imposibles que estos sean; la clave está dentro de cada uno de nosotros. Nunca rendirnos y seguir adelante. Mi esencia se ve plasmada en tantos párrafos. Querida lectora o lector, aún recuerdo a la niña Alba Letycia, que creció en un pueblito de México, ese lugar mágico que me inspiró para mi primer libro, la vida en ocasiones no era fácil, siempre luché por lo que quería y, aun con mis miedos, mis virtudes y mis defectos, aprendí desde pequeña a valorar los momentos de felicidad y a vivir la vida al máximo, siempre agradeciendo y perseverando por lo que soñaba. Quiero que recuerdes siempre: a donde sea que vayas, ve con un corazón agradecido.

Sinceramente,
Alba Letycia.

Quiero agradecerte querida lectora o querido lector por el valioso tiempo que dedicas a leerme. Sería un honor para mí si te tomaras unos minutos y escribas tu crítica a este libro en Amazon.

@albaletyciaoficial
@elmundodezaphirah
@inspirateconalbaletycia
www.albaletycia.com

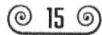

EL MUNDO DE ZAPHIRAH
Zaphirah y el portal mágico

¡Hola!

¡Sí! A ti te hablo, a ti que estás leyendo este libro, tú que lo escogiste por curiosidad, por el título, quizá. Te contaré la historia de una niña de diez años, una niña normal, como cualquier otra. Un ser humano como tú y yo, con defectos, virtudes y mucha imaginación. Empezarás a vivir con ella sus grandes aventuras, tal y como lo hice yo. Aún recuerdo aquellos tiempos, en el pasado, cuando mi madre solía contarme sobre su mundo. Quizá te aburra la historia, quizá no. Gracias a esa niña, yo decidí escribir. En el proceso, dejó un gran legado en mi alma. Es increíble la pureza e ingenuidad de los niños; son nuestro futuro, el mañana, ellos son nuestra esperanza. ¡Que nunca se te ocurra lastimarlos! Ellos están en todas partes; cada día tenemos la bendición de ver cómo llegan a nuestro mundo, no importan la raza ni la cultura, no importa de qué color son, menos sus clases sociales y, tal vez, alguno de ellos impacte de forma positiva al mundo. Si alguna vez te cruzas con una niña o un niño, sé amable; ellos son frágiles, puros e inocentes.

Esta niña, a través de su odisea, me enseñó que somos seres humanos valiosos, que no debemos olvidar ni nuestras raíces, ni a nuestros ancestros. Y, algo muy importante que debemos valorar, es cuidar de la Madre Tierra, de su naturaleza y nunca perder la fe en el Creador de todo. Mi nombre es Zayeminc Baudé y esta es la historia del mundo de Zaphirah Diterfisús, princesa de Ciudad Alemo, en el mundo de Lizandria.

EL LLAMADO A ZAPHIRAH

ño 1957

Érase una vez, cuando Zaphirah tenía tan solo diez años, una noche, de pronto, se escuchó un extraño ruido y Zaphirah despertó, asustada, en medio de la oscuridad de su recámara. Tomó su sábana blanca y se tapó de pies a cabeza. La niña tenía tanto miedo, que sintió como entraba el aire frío por la ventana y, de la nada, escuchó una voz que decía algo...

La niña pensó que estaba imaginando; se levantó de su cama y se acercó a la ventana. Todo estaba en silencio. Siguió caminando hasta llegar y abrir la ventanilla. Volvió a escuchar una voz que decía su nombre...

—¡Zaphirah! ¡Zaphirah! —susurraba la voz.

Aterrada, corrió de regreso a su cama y, temblando, se metió entre las sábanas, sin moverse, pensando que todo era parte de su imaginación. Pero la curiosidad fue más que su miedo, así que se quitó la sábana, respiró profundamente, se levantó y se dirigió hacia el jardín, que estaba en la parte de atrás y, cuando abrió la puerta, sintió angustia y escalofríos. La niña de diez años se quedó ahí, parada por un momento, hasta que se decidió a salir. Conforme caminaba descalza, sin abrigo, observó como las hojas de los árboles volaban en el viento; todo estaba oscuro. En eso llegó Coque, su perro; algo pequeño, era de color blanco, con manchas color café, de orejas largas. Ella se inclinó rápido y, con cautela, lo alzó entre sus brazos y siguió caminando, nerviosa y con mucho miedo.

—¿Qué haces aquí, Coque? —dijo Zaphirah—. Ven, que escuché que alguien decía mi nombre —agregó la niña.

Y, de pronto, nuevamente, se volvió a escuchar el susurro de una voz diciendo:

—¡Zaphirah...! ¡Zaphirah...!

Al escuchar con mayor claridad su nombre, ella se puso tensa, sintió un gran miedo y pensó: «Esto no es un sueño, realmente alguien me está llamando, pero ¿quién?». Miró a su alrededor y no vio nada. Empezó a percibir una sensación rara y sintió ganas de correr hacia su casa, pero no pudo. Advirtió que alguien la estaba observando. Soltó a Coque y corrió rápidamente hasta llegar a la puerta, miró hacia el jardín y nada. Ya pasaba de media noche, sus padres estaban dormidos y Coque, su perro, se quedó en el patio. La niña caminó por la cocina, subió sigilosamente las escaleras y, sin hacer nada de ruido, entró a su recámara; Zaphirah se acostó, se quedó inmóvil, con la luz encendida, menos asustada, imaginando y preguntándose de quién sería la voz, y se quedó dormida.

Mientras, detrás de su casa, al final del jardín, se alcanzaba a distinguir un árbol frondoso, alto y, al pie del mismo, se encontraba una piedra redonda. Ahí, entre el árbol y la piedra redonda, había una luz brillante, flotando y dando vueltas, pero no era una luz cualquiera; en realidad, era un hada tan diminuta como una mariposa. Y, al poco tiempo, desapareció al entrar en una gama de hermosos colores que se extendió por todo el tronco del árbol.

Al día siguiente, Zaphirah se levantó temprano para ir a la escuela. Ella era una niña delgada, sus ojos eran color café oscuro, su cabello era rizado y castaño, tenía un lunar muy particular detrás de la oreja derecha: una media luna. Zaphirah era una niña muy tímida, reservada, miedosa, sensible e insegura, totalmente distinta a la niña pequeña que fue cuando estaba con su abuela Edugel. Pero cuando la anciana murió, muchas cosas cambiaron para Zaphirah. Aquella mañana se vistió rápidamente, desayunó solo un vaso de leche y se despidió de sus padres. Sare, su madre, era noble, sensible y muy trabajadora. Aldo, su padre, era demasiado estricto, un poco inflexible, acostumbrado a las viejas costumbres de sus ancestros.

Ya estando afuera de su casa, Zaphirah estaba esperando el autobús que la llevaría a la escuela. Al subirse, siempre buscaba los asientos de en medio para así estar cerca de la ventana y poder admirar la naturaleza. El camino estaba lleno de árboles y de flores de colores y ella sentía que tenía una conexión especial con la tierra, con la naturaleza. El autobús transitaba por un puente de piedra, ya antiguo, debajo del cual pasaba un río. Ella siempre tenía miedo al pensar que el puente se caería de lo viejo que ya estaba; su padre la había metido a la misma escuela a la que él asistió de niño, porque las monjas eran estrictas y era lo que Zaphirah necesitaba, según su padre.

Cuando llegaban a la escuela, todos los niños bajaban del autobús y ella siempre era de las últimas. Tenía que subir bastantes escaleras hasta llegar a la puerta principal, que era de dos portones, altos, de color negro, de aspecto conservador. La construcción parecía estar hecha solo de ladrillos rojos. Había dos plantas, un corredor y un patio enorme para practicar deportes, pero lo que más le llamaba la atención a Zaphirah era la cimentación de la iglesia que estaba al final, una obra muy antigua, que las monjas decían había sido construida en el año 1558 d. C.

Cada mes, los llevaban a la iglesia a dar gracias. Esa parte era la que más esperaba Zaphirah, porque siempre había rumores entre los alumnos, diferentes leyendas: que si los sacerdotes habían sido enterrados ahí mismo; que si en alguna época hubo una gran revolución y que ese pueblo había sido el paso de muchas personas que estuvieron involucradas en la batalla. Un niño había escuchado que su abuelo contaba la historia de que en esa iglesia había un túnel secreto que conectaba con una montaña y, la parte más impactante, fue escuchar que, por las noches, en el atrio merodeaban sus almas, que había fantasmas por la parroquia, por la escuela. Pero nadie había visto nada, nadie creía nada. El 2 de noviembre de 1957, el Día de los Muertos, fecha por demás importante en México, llevaron a todos los alumnos a la iglesia. Habían terminado de hacer sus ofrendas para honrar a sus seres queridos que se encuentran en el más allá, una costumbre mexicana. Y, en cada salón de la escuela, había ofrendas con distintas cosas: frutas, velas, fotos, calaveritas de azúcar, flores, etc. Zaphirah recuerda perfectamente aquel día que la llevaron a la iglesia; la arquitectura era imponente, con techos altos. Todo estaba bien definido y estudiado, la entrada tenía dos puertas de madera color café oscuro. En el interior, se escuchaba el eco de las voces de los alumnos y el sonido de sus zapatos. Ella siempre se detenía en la entrada, observando unas enormes pinturas al óleo, en cada pared, una frente a la otra; pero una de esas pinturas la intrigaba sobremanera. Le parecía tan real que quería descifrar lo que estaba pasando en la imagen y entender la relación que tenía con la iglesia. Zaphirah observó que en el cuadro había gente llorando desgarradoramente, como si estuvieran gritando por un dolor insuperable. Había fuego debajo de ellos y sus rostros reflejaban un sufrimiento inevitable.

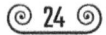

Mientras, en la parte superior de la pintura, había gente observando a los de abajo sin ninguna pena, como si estuvieran de acuerdo con lo que pasaba con esa gente. Esa pintura le ocasionó un gran impacto.

Al terminar la misa en memoria de la gente que había muerto, los alumnos se retiraron por otra salida. Aquella iglesia, en el pasado, había sido como un monasterio; muchas construcciones están conectadas a la iglesia: cuartos, entradas, salidas que, para los que no la conocían, era como si hubieran entrado a un laberinto. Cuando Zaphirah era más pequeña, había una monja que la quería mucho y, una vez, la invitó a comer, pero le prohibió ir más allá de la cocina; volteó y solo llegó a ver puertas cerradas con grandes cadenas y enormes candados. Mientras ese 2 de noviembre todos los alumnos se iban hacia sus clases, Zilka, Cucam y Zaphirah se desviaron del camino, burlando a las monjas. Cucam había escuchado que había un sótano. Iban sigilosos, sin hacer ruido, cuando de pronto, al pasar por uno de los cuartos, Zaphirah alcanzó a ver una enorme caja de cristal del lado izquierdo de la iglesia. Ella tenía mucho miedo, pero no paró de caminar rumbo a esa caja de cristal. Estaba muy nerviosa y, cuando vio lo que había dentro, se quedó paralizada. No podía hablar, no podía moverse y sintió un fuerte escalofrío en su cuerpo; sintió tantas emociones que fue como si su mente colapsara. Había una escultura de un hombre acostado. Parecía tan real, que ella percibió la presencia de alguien más en ese cuarto. Miró a todos lados, pero no había nadie, solo estaba ella frente a la escultura. Era un hombre con los pies cruzados, heridas por todo el cuerpo, su rostro sangraba, reflejaba compasión y sufrimiento. Zaphirah se dio la vuelta para alcanzar a sus amigos y, antes de llegar a la puerta, vio un pequeño altar con un cajón abajo, de donde salía una luz brillante. Era como una moneda y, sin poder evitarlo, la tomó con su mano izquierda para verla mejor, se dio cuenta de que era una brújula y que estaba muy caliente. De repente, escuchó un ruido, la soltó y salió corriendo de aquel cuarto. En el pasillo se encontró a sus amigos, que venían por ella. Se dirigieron hacia el sótano, pero Zaphirah solo iba reflexionando en lo que le había pasado y, de pronto, empezó a hacerse preguntas sobre la humanidad. No dejó de pensar en aquel hombre, aquella escultura tan triste. Esa escultura le había causado tanta compasión... No entendía nada: la iglesia, las pinturas, los altares. No había puesto atención en ello antes y, además, recordó a su abuela, cuando la hacía orar por alguien, pidiéndole que la cuidara siempre. El sótano quedaba en un área prohibida y cuando los niños lograron entrar, el lugar estaba oscuro, algo deprimente. Bajaron unas escaleras angostas y altas y sintieron un fuerte olor...

—Mi abuela solía contarme tantas historias de este pueblo de fantasía, cada noche, antes de dormir... —dijo Zaphirah, con nostalgia—. Pero supongo que solo eran cuentos, historias y leyendas.

—¡Sí! Mis padres también habían escuchado esas leyendas, como la de que todos los frailes que vivían aquí están enterrados en alguna parte de la iglesia, pero mis padres no creen en ello —contestó Zilka sin darle importancia.

—¿A qué te refieres cuando dices que, aparte de esas leyendas, te contaba historias de fantasía, Zaphirah? —preguntó Cucam con curiosidad.

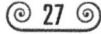

—Mi abuela Edugel, aparte de hablarme tanto de la Biblia, también decía que, años atrás, había conocido gente maravillosa de otro mundo y que lo único que nos separaba de ellos era un portal mágico —contestó Zaphirah, con tristeza—, supongo que todo era parte de hacer más emocionante la historia para poderme dormir; ella me leía esas historias de sus libros.

—Mis padres no tienen tiempo de hacer eso —se quejó Zilka.

—Mi abuelo quiere contarme sobre anécdotas de su vida, pero yo solo pienso en cómo construir aviones con materiales reciclados —dijo Cucam—. Soy muy inquieto —concluyó el niño sonriendo.

—¿Saben? Mi abuelita era como un ángel. Tuve la gran bendición de haberla tenido —comentó Zaphirah con tristeza.

—¿A quién no le hubiera gustado una abuelita tan amorosa? —preguntó Cucam.

—Aún recuerdo su ternura, su pureza y su sabiduría. Siempre estará en mi mente y en mi corazón —dijo Zaphirah—. Me dolió mucho su partida, no logré despedirme —recordó con lágrimas en sus ojos.

—Lo siento mucho, Zaphirah —intervino Zilka, abrazándola.

—No logro entender por qué se fue para siempre —confesó Zaphirah con enorme tristeza y, en ese momento, la niña no pudo contener sus lágrimas; pero se las secó rápidamente, sin que sus amigos lo notaran.

—Me imagino lo mucho que la extrañas, tener una abuelita que te leía historias todas las noches ha de ser maravilloso —opinó Zilka con un suspiro—. ¡Cómo me gustaría que mi madre hiciera eso! Pero, en fin... —agregó.

—¡Sí! Sus historias eran emocionantes, misteriosas,

llenas de magia y, al final de cada una, terminaba con una frase —continuó Zaphirah, con nostalgia.

—¿Qué frase, Zaphirah? —preguntó Zilka.

—Sí, ¡cuéntanos qué frase! —dijo Cucam.

—Ella decía: «Zaphirah, mi niña pequeña, siempre te encontrarás gente de todo tipo, con diferentes formas de pensar, y tú tendrás la opción de absorber lo positivo o lo negativo. Pero recuerda siempre: lo más importante es lo que tú elijas ser, con fidelidad a ti misma, a partir de tu presente. Nunca lo olvides, mi niña» —repitió Zaphirah de memoria.

¡Y, de pronto, escucharon ruidos provenientes del sótano! Sonidos raros y muy extraños... Los niños, en ese momento, se quedaron quietos, sin moverse, mirándose cada uno, sin saber qué hacer. Zaphirah les hacía señas con las manos para que subieran, sin embargo, Cucam movía la cabeza y, al ya no escuchar nada, siguió bajando. Zilka también bajó; el olor a papel viejo y mojado era cada vez más fuerte. Zaphirah sintió que había algo o alguien ahí abajo. Odiaba percibir la presencia de otras cosas todo el tiempo, pero siguió bajando junto a sus amigos y volvieron a escuchar un ruido, como de alguien que arrastraba algo muy pesado, una caja...

—¿Escucharon? —preguntó Zaphirah asustada y en voz baja.

—Sí, ¡vámonos! —exclamaron Zilka y Cucam.

Los tres niños subieron corriendo las escaleras, alejándose de aquel sótano, sin darse la vuelta y sin parar, hasta llegar a la escuela.

—¡Les dije que nos teníamos que salir de ahí! —exclamó, agitada, Zaphirah.

—¡Eres una miedosa! —se burló Cucam.

—Más bien es precavida —corrigió Zilka, amablemente—. ¿Qué tal si nos descubren? —preguntó.

—Creo que soy una miedosa —dijo Zaphirah—. Algo presentí y, al no saber qué había ahí, me dio mucho miedo —agregó.

—Bueno, nadie nos descubrió, Zilka, ¡no seas exagerada! —contestó Cucam.

Se presentaron ante la clase y, aunque ya era tarde, la monja les autorizó la entrada y les regañó; los tres se fueron a sentar hasta la parte de atrás del salón, sin decir ni una palabra. Zaphirah era hija única y vivía con sus padres. La mayor parte del tiempo se lo pasaba con Coque, su perrito. A pesar de que ya no estaba su abuelita, a la niña le encantaba leer libros e imaginar otros mundos. La casa donde vivía había sido de su abuelita Edugel y, al morir ella, su hija, la madre de Zaphirah, se había quedado con la casa. El lugar estaba retirado del pueblo y sus amigos vivían en el centro, así que solo los veía en la escuela. Zilka y Cucam tenían la misma edad que Zaphirah; Zilka tenía poco viviendo en Xicpe, México, y provenía de la Ciudad de México. Era delgada y alta, su cabello era largo y lacio.

Zaphirah y Zilka se conocieron un día en que Zaphirah, por no quedarse callada y reclamar una injusticia ante otras niñas del salón de clases, estas le dejaron de hablar. Zilka siempre estaba sola y fue la única que le habló después de eso y, desde ese día, se hicieron buenas amigas. Por otro lado, a Cucam le empezaron a hablar cuando fue a hacer una tarea con ellas. Ese día, en lugar de estudiar, de pronto se pusieron a jugar los tres en el jardín. Cucam cargó a Zaphirah y la arrojó a una pileta llena de agua, después fue por Zilka e hizo lo mismo; desde ese día, los tres niños, con su ingenuidad y sinceridad, se hicieron amigos. Cucam era blanco, delgado y extremadamente aplicado.

Al terminar la clase, cuando se les pasó el susto del sótano oscuro, los tres quedaron en ir a casa de Zilka para la elaboración de una tarea. Ellos se encontraban dentro de la cafetería, poniéndose de acuerdo acerca de qué materiales llevaría cada uno, cuando llegaron Lisa y Joar, quienes, si tenían la oportunidad de molestar, lo hacían sin reparo. Lisa era una niña muy altiva, siempre espantaba a sus compañeros con traer a su papá, que era un policía, además de ser uno de los señores adinerados del pueblo. Joar había sido la pesadilla de Zaphirah por largo tiempo, no la dejaba en paz. Joar usaba un lenguaje violento hasta que, un día, Zaphirah se defendió. Este la abrazó tan fuerte, que lo único que ella pudo hacer fue morderle el brazo y solo así la dejó en paz.

—¡Ja, ja, ja! ¡Mira, Joar, a quién tenemos aquí! Nada más y nada menos que a los tres mosquiteros, digo, mosqueteros —dijo Lisa, en forma sarcástica.

—¡Cucam! ¿Ya me hiciste la tarea? —preguntó Joar con autoridad.

—No sé de qué me hablas —contestó Cucam.

—¡No te hagas el tonto, ayer te di mi libreta en el descanso! —declaró Joar.

—¡Déjalo en paz! —exclamó Zaphirah, temerosa, pero al mismo tiempo, con valor.

—¿Tú?, ¡tú no te metas! ¿O qué?, ¿lo vas a morder otra vez? —retó Lisa, en tono burlón.

—¡Le vamos a decir esto a la maestra, Joar! —expresó Zilka sin miedo.

—¡Vámonos, primo, deja a estos tontos! —ordenó Lisa.

—¡Me las vas a pagar, Cucam! —amenazó Joar.

—¡Cucam no está solo, Joar! —contestó Zaphirah.

Lisa y Joar se retiraron de la cafetería y los tres amigos quedaron en silencio. Cuando Zaphirah y Joar tuvieron problemas, fueron a parar a la Dirección General; mandaron llamar a los padres de los dos y casi expulsan al niño de la escuela. Desde aquel día, Joar evitó dirigirse a Zaphirah.

—No te preocupes, Cucam, no hará nada —comentó Zaphirah para tranquilizarlo—. ¡Yo sé lo que te digo! —enfatizó.

—¿Por qué estás tan segura, Zaphirah? —preguntó Cucam.

—¿Apoco no te enteraste? —preguntó Zilka a Cucam.

—No —contestó Cucam.

—Hace más de un año, Joar estuvo molestando constantemente a Zaphirah. Todos los días, primero le llevaba regalos. Como ella no hacía caso, empezó a hablarle de forma grosera, insultando a sus padres; después la amenazó por no recibir un anillo que le ofreció. Un día, intentó abrazarla a la fuerza y, entonces, ella lo mordió tan fuerte-

...ola, Cucam, ¡nosotros te apoyamos! —con-... , y, si se te acerca, ¡le mandamos a Zaphirah!

...ieron genuinamente de la broma de Zilka y se .... fuertes y unidos. Al final de las clases, cada uno se fue a su casa y quedaron de verse por la tarde, en la casa de Zilka. Cuando Zaphirah llegó a su casa, su mamá estaba haciendo la comida. La saludó y se subió a su alcoba; puso música y tomó un libro, el mismo que su abuelita Edugel le leía cuando era una niña pequeña. En eso, entró el papá de Zaphirah:

—¿Qué haces, Zaphirah? —preguntó él con sequedad.

—Leyendo un libro —contestó Zaphirah.

—Ese libro... ¡Ya lo has leído más de cinco veces! —exclamó, con enojo, su padre.

—Sí —contestó Zaphirah—. ¿Por qué? —preguntó en defensa propia.

—¡Mejor ve y ayúdale a tu madre con la comida o en algo! —ordenó su padre.

—Está bien. Por cierto, después de la comida tengo que ir a casa de Zilka, haremos un trabajo en equipo —dijo Zaphirah, con fastidio.

—¿Es necesario que vayas a casa de tu amiga? —preguntó su padre.

—Sí, el trabajo es para mañana, papá —contestó Zaphirah.

—Está bien —dijo su padre—. Ahora ve y ayuda a tu madre —agregó su padre con autoridad.

—¿Por qué siempre te molesta verme leer? ¡Todo te enfada! —preguntó Zaphirah, enojada—. Abuelita Edugel siempre decía que un libro era una puerta a otro mundo, al conocimiento —agregó.

—Primero, tienes deberes que hacer y la pobre de tu mamá está haciendo todo, ¡no pongas excusas y ayúdale! —contestó su padre, muy molesto.

—Está bien, papá, no quiero pelear como todos los días... —contestó Zaphirah, resignada.

Se levantó de la cama y, con frustración, guardó el libro, su diario y sus libretas de la escuela. Bajó las escaleras. Su mamá ni enterada estaba de esta situación con su papá, ¡la pobre tenía que hacer tanto en la casa...! La niña se acercó a ella con sigilo.

—¿En qué puedo ayudarte, mamá? —preguntó Zaphirah.

—Zaphirah, ¡ya llegaste!, no te preocupes, ya casi termino —contestó su mamá.

—Pero... —dijo Zaphirah.

—¿Pero qué, hija? —preguntó su mamá.

—Papá me dijo que viniera a ayudarte —contestó Zaphirah.

—No te preocupes, ya está todo. Yo te llamo en cuanto esté lista la comida —dijo su mamá.

—Sí, mamá —respondió Zaphirah, con decepción.

Zaphirah se dirigió hacia el jardín, pero recordó lo que le había pasado la noche anterior y sintió miedo. Pensó:

«¿De quién habrá sido esa voz?». Llegó Coque, contento y feliz, y se puso a jugar con ella. Los dos se alejaron a correr y brincar por todo el jardín. Zaphirah llegó a la piedra redonda que estaba al pie de un árbol, al final del jardín. Se quedó sentada por un momento y Coque se puso frente a ella.

—¿Coque, por qué me sentiré tan sola? No comprendo. Papá todo el tiempo está enojado —le dijo Zaphirah a su perro.

Y la niña de diez años empezó a llorar. Su perro solo la observaba y, por increíble que parezca, a él también se le salió una lágrima, como si Coque entendiera las emociones de Zaphirah. Cuando ella estaba feliz, Coque estaba feliz; cuando ella estaba triste, Coque estaba triste. Cuando el cachorro llegó a la vida de Zaphirah, fue toda una alegría; ella hizo todo lo posible para que sus padres aceptaran al cachorrito de tan solo tres meses... En eso estaba, cuando la niña escuchó la voz de su mamá llamándola para comer. Se apresuró a llegar a la cocina, donde ya todo estaba preparado. Su mamá siempre se preocupaba por tener todo listo, para no pelear con su papá. Su padre era demasiado estricto y le gustaba tener todo en orden. Zaphirah no entendía por qué era tan duro. En ocasiones, ella solo quería estar en la escuela o leyendo o escribiendo en su casa. Su padre le cuestionaba todo, siempre reprimía su forma de ser. Zaphirah sabía que su padre había vivido su niñez de forma estricta, sin embargo, los tiempos iban cambiando, por lo que la niña llegó a pensar que no la quería. Su mamá no hacía nada, solo alentarla a seguir adelante. Zaphirah percibía cosas, tenía sensaciones diferentes. Observaba a sus padres, mas ella no entendía por qué podía percibir más allá de lo normal, no entendía cómo es que sentía lo que había en sus almas; sus padres no eran del todo felices. La niña lo notaba. Al contrario de su abuelita Edugel, que era tan pacífica, sabia y que siempre procuraba llenar de amor a su nieta. Su madre era una mujer luchadora, una guerrera, tierna, noble, pero cuando su padre hablaba, se tenía que hacer lo que él decía.

Estaban los tres sentados a la mesa; su padre, la mayoría de las veces, estaba molesto, siempre encontraba defectos en todo.

—Me tengo que ir —anunció Zaphirah.

Su padre no contestó nada...

—Hija, ¡vete con cuidado, por favor! Agradece por el día, la comida y tu salud —indicó la madre de Zaphirah.

—Sí, mamá —dijo Zaphirah.

Zaphirah se levantó, pero antes de irse, se escondió detrás de la puerta y observó cómo su padre buscaba cualquier pretexto para no estar a gusto. Vio cómo se levantó de la mesa y se fue. Observó cómo su madre tenía el rostro angustiado; ella quería ir a defenderla, sin embargo, la última vez que lo hizo, no le fue nada bien y su madre le pidió que no volviese a meterse.

  Zaphirah ya no podía hacer nada, así que se dirigió a casa de Zilka para la elaboración de su tarea. Una vez ahí, los tres niños se pusieron a ilustrar con colores los órganos del ser humano para la materia de Biología. Al terminar el proyecto, el padre de Zilka llevó a casa a Zaphirah y a Cucam. Era de noche, hacía frío y sus padres ya estaban en su recámara. La niña trataba de siempre encontrar todo lo positivo, trataba de entenderlos; quizás eran los libros de positividad que leía desde temprana edad, pero trataba de seguir en paz y, aquella noche, fue a despedirse de ellos. Su padre estaba más tranquilo, leyendo un libro y su mamá le dio un abrazo.

—Zaphirah, esta vez sí quítate ese collar para dormir —pidió su mamá.

—No, mamá, la abuela me dijo que nunca, por ningún motivo, me lo quitara —contestó Zaphirah—. Mamá, todas esas historias que contaba la abuelita sobre el portal mágico, ¿son verdad? —preguntó la niña, con ilusión.

—No, Zaphirah, solo eran cuentos, historias para entretener niños, leyendas. Vete a dormir, hija, se te hará tarde mañana —respondió su mamá—. No olvides tu oración, hija, la misma que mi mamá me enseñó —agregó Sare.

—Mami, hoy fuimos a la iglesia y quiero preguntarte muchas cosas. De pronto quiero saber cosas de la iglesia, de Dios —dijo Zaphirah.

—Mañana, hija, ahora ve a descansar —contestó Sare.

Zaphirah se fue hacia su recámara y se quedó dormida.

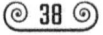

Había mucha luz, como si fuera de día. Zaphirah vio al mismo hombre de la caja de cristal que había visto en la iglesia, pero no tenía ninguna herida; su vestimenta era totalmente blanca y él le tocó el hombro derecho. Emanaba paz, amor y esperanza; le estaba hablando, sin embargo, Zaphirah no escuchaba nada y, de pronto, abrió los ojos. Ya era medianoche. Sintió algo en la palma de su mano izquierda, vio un dibujo, pero quedó sorprendida ya que, al verlo bien, se dio cuenta de que era el mismo que estaba en la brújula que había tocado en la iglesia: era una enorme cruz, tenía tres aves, letras, los puntos cardinales y una palabra que decía FE dentro de un círculo. Zaphirah se levantó, corrió hacia el baño y se lavó las manos. No podía quitarse el dibujo, lo intentó una vez más y, de pronto, volvió a escuchar su nombre, esta vez más fuerte. La niña no sentía miedo y salió, con valor, al jardín. Caminó sin parar con Coque, que iba junto a ella. A su paso había árboles, flores, plantas y rosales. Llegó al final del jardín, en la esquina donde estaba el árbol gigante, junto a la piedra redonda.

—¡Zaphirah...! ¡Zaphirah... ven! —dijo una voz suavemente.

Cerca del árbol le pareció ver a una luciérnaga, pero, conforme se acercaba, se dio cuenta de que era un hada pequeña, del tamaño de una mariposa. ¡Zaphirah no podía creer lo que estaba viendo! Pensó que solo imaginaba a uno de los personajes de las historias que su abuelita Edugel le contaba, pero, de repente, el hada se acercó a la niña...

—¡Zaphirah, mírate! ¡Estás enorme! ¡Por fin lograste escucharme! —exclamó el hada entusiasmada—. ¡Necesito que vengas conmigo, tú eres la única que puede ayudarnos en Lizandria! —agregó el hada.

Zaphirah no podía hablar. Estaba totalmente muda por el impacto. Era como todos esos sueños que tenía cuando su abuelita le leía historias y pensó que era el resultado de pensar tanto en ello. Coque no ladraba. Solo observaba, fascinado, al pequeño ser.

—¿Tú hablas? ¿Eres de verdad? ¿Esto es un sueño? —preguntó Zaphirah, incrédula, al hada.

—Sí, Zaphirah, ¡soy real, no es un sueño! —exclamó el hada, emocionada—. Debemos darnos prisa, ¡nuestro mundo está en peligro!

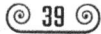

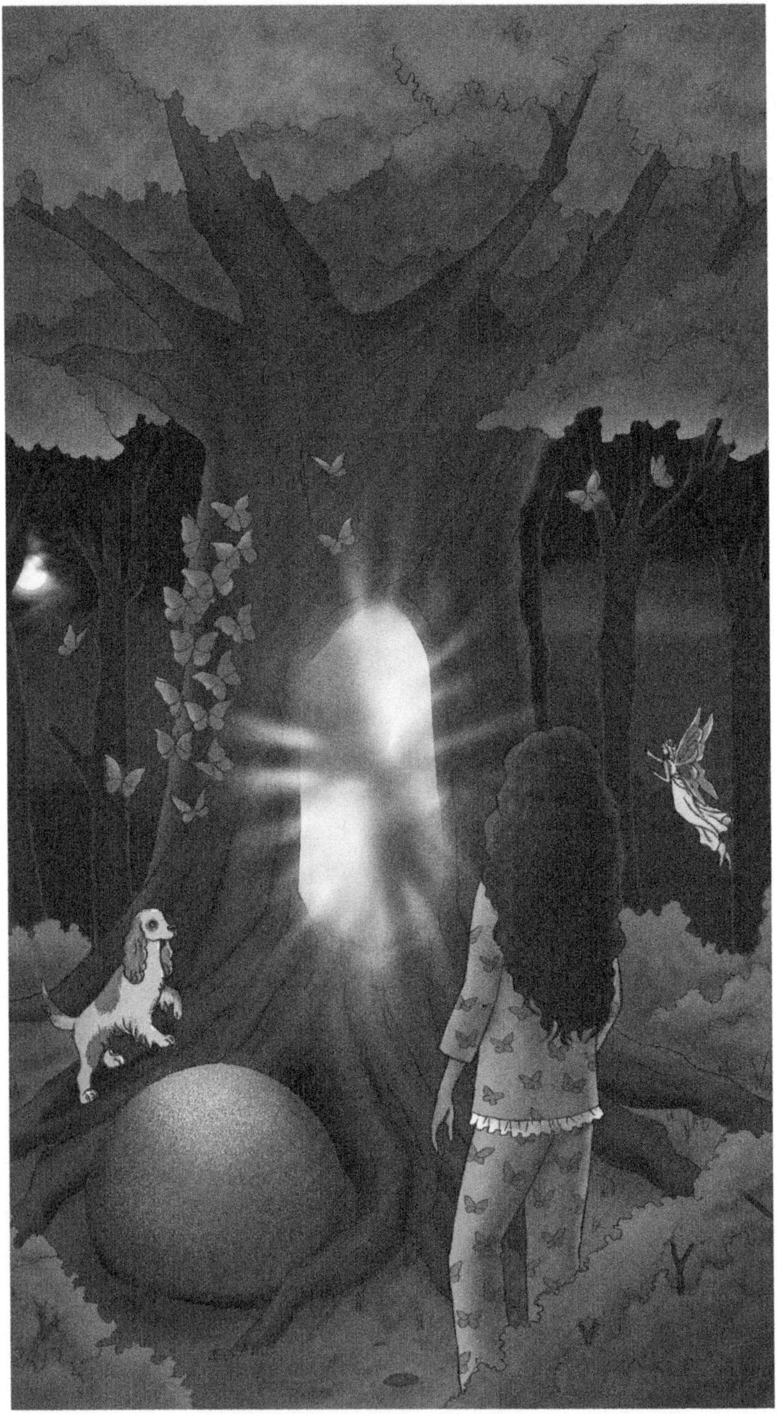

—¿De qué hablas? ¿Nuestro mundo? —preguntó Zaphirah con expresión de asombro.

—Así es, niña. Tú perteneces a un mundo llamado Lizandria —contestó el hada—. Tú eres Zaphirah Diterfisús, hija de la princesa Amaranta Diterfisús, de Ciudad Alemo —agregó.

—Pero ¿de qué estás hablando? —preguntó Zaphirah, desconcertada—. Yo soy Zaphirah Megui, mi mundo es este, aquí, en la Tierra —añadió, totalmente confundida.

—Tranquila, Zaphirah; sé que es demasiada información y entiendo que te sientas confundida, pero es real. ¡Mírame! Soy un hada —agregó.

—Mi abuelita me contaba historias de hadas, princesas, reyes, magos y brujas. Pero solo eran eso: historias —exclamó Zaphirah, incrédula.

—Nosotros conocimos a Edugel hace muchos años; tú eras tan solo una bebé, yo fui testigo. Tu mamá te traía en brazos y, por tu seguridad, te dejó aquí, en la Tierra, con Edugel —explicó el hada a Zaphirah—. En Lizandria había una batalla entre el bien y el mal y tú estabas en peligro —agregó con tranquilidad.

—¡No entiendo nada! —exclamó la niña con impotencia—. Mi abuelita murió hace dos años —concluyó Zaphirah, con tristeza.

—Lo siento, querida, ella era una buena mujer —contestó el hada—. Naciste en Lizandria, Edugel aceptó con gran amor cuidarte. Tú naciste en un hermoso lugar lleno de magia, donde el conocimiento llega más allá de tu alma, donde las flores y los árboles viven y hablan. Donde los animales son igual que tú, una criatura de Lizandria, un ser viviente —agregó.

—¿Y mis padres? ¿Quiénes son? —preguntó la niña—. ¡Toda la vida he crecido con mis padres aquí, en la Tierra! —agregó Zaphirah.

—Ellos no saben de tu verdadero origen, Zaphirah. Solo lo sabía Edugel. Ella te llevó con ellos, quizás ellos sean los indicados para contarte cómo fue —dijo el hada—. Pero Edugel estaba feliz de aceptarte y cuidarte. Yo la vi cuando te tomó en sus brazos.

—Lo sé, cada día de mi vida me mostró su amor —contestó Zaphirah—. Ella no me dijo nada sobre mis orígenes, pero recuerdo sus historias y eran como si ella hablara de la existencia de otro mundo —agregó la niña, pensativa.

—Edugel sabía que algún día vendríamos por ti y que te diríamos toda la verdad. Pero eras muy pequeña como para explicarte sobre tus orígenes —dijo el hada, con paciencia.

—Y entonces, ¿por qué vienes ahora? —preguntó Zaphirah.

—Soy Halú, reina de las hadas del sur de Lizandria. Pertenezco a la Alianza de la Protección de las Criaturas de mi mundo, donde procuramos que prevalezcan el amor, la paz y la esperanza para cada uno de ellas —contestó el hada con orgullo—. Tengo doscientos años-lizandria. Tú tienes cincuenta años-lizandria, Zaphirah —explicó Halú.

—¡¿Cómo?! —preguntó Zaphirah con asombro—. ¡Me voy a casa, nada de esto es real! ¡Tengo diez años! —agregó Zaphirah con enojo, dándose la vuelta y alejándose.

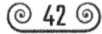

—¡Detente, Zaphirah! —gritó Halú—. ¡Tu mundo te necesita, tú eres nuestra esperanza! Estando en Lizandria, tú misma obtendrás tus respuestas; ahora solo estás confundida. Lizandria no está en la Tierra. Lizandria es otro mundo —agregó.

Zaphirah se detuvo, regresó y se acercó al hada...

—Estoy como en un sueño, como si nada fuera real —contestó Zaphirah.

—Tenemos que irnos antes de que nos descubra alguien —dijo Halú.

—Todo esto es tan extraño, Halú. Toda mi vida he tenido sueños. Sueños de fantasías, pesadillas... y sueños extraños, sin explicación —comentó Zaphirah.

—¿Como qué tipo de sueños, niña? —preguntó Halú.

—Una noche tuve un sueño muy raro, aún lo recuerdo perfectamente... Todo estaba oscuro, escuché una voz; era tenue, pero insistente. Sentí miedo y percibí la presencia de alguien. No veía nada y estaba desesperada. Pero dentro de mi sueño estaba consciente de que era un sueño y no podía despertar —dijo Zaphirah.

—Quizá tu alma quería enviarte señales de Lizandria —supuso Halú.

—Sé que tengo que calmarme. Antes de venir aquí contigo tuve otro sueño... El mismo hombre que hoy vi en la iglesia. Una escultura, simulando a un hombre muerto, que había sido herido y sacrificado... ¡Lo acabo de ver en mi sueño, sin heridas, hablando y dando paz! —contó Zaphirah.

—Hay muchas cosas que no sabemos de los seres humanos de la Tierra, querida. Quizá solo fue un sueño, por el impacto de ver una escultura tan realista —contestó Halú.

Entonces Zaphirah le mostró su palma de la mano izquierda al hada.

—¿Y esto, Halú? ¿Tienes respuesta a esto? —preguntó la niña—. Solo apareció. Tomé una brújula en la iglesia y, después de mi sueño, apareció esta imagen y es la misma de la brújula que tomé, ¡no me la puedo quitar con nada! —agregó Zaphirah.

—Hay criaturas en Lizandria que, quizá, puedan darte esa respuesta —dijo Halú—. Tienes que venir, Zaphirah; ¡el tiempo se termina! —agregó con urgencia.

Esa noche se sentía el frío; había un viento fuerte y el cielo brillaba de tanta estrella. Había luna llena. Zaphirah estaba terriblemente confundida con todo lo que el hada trataba de explicar.

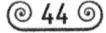

LIZANDRIA

Era otro mundo: los días son de doce horas (en la Tierra son de veinticuatro horas). En Lizandria, el año se componía de 730 días, mientras en la Tierra era de 365. Las criaturas que habitaban en ese mundo, en su mayoría, tenían habilidades mágicas. Zaphirah era una sehu y era la hija de la princesa Amaranta Diterfisús, de Ciudad Alemo, la principal líder de la Alianza de la Protección de las Criaturas de Lizandria.

—¡Pero soy una humana! —exclamó Zaphirah, con incertidumbre.

—Zaphirah, los sehu y los humanos son muy parecidos, solo tienen dos diferencias: las mujeres sehu tienen un lunar en forma de media luna detrás de la oreja derecha, totalmente oscura, como la que tienes tú. Y la segunda diferencia es que los humanos no tienen habilidades mágicas, ni siquiera creen que existan. Los humanos solo creen en la magia de los cuentos, en historias —dijo Halú, con paciencia—. En Lizandria hay dos magos y dos brujas, ellos son buenos; son los Cuatro Pilares, los Cuatro Elementos, que dan vida a la existencia de nuestro mundo, los que construyeron el portal mágico entre la Tierra y Lizandria —agregó.

—No creo eso, yo no siento tener ninguna habilidad o poder mágico, soy como mis papás, como mis amigos —dijo Zaphirah.

—Tienes razón, Zaphirah, aquí en la Tierra no tienes ningún poder porque traes puesto el amuleto de Sarudien —dijo Halú—. Fue diseñado para tu protección. En Lizandria, tengas o no el amuleto, tus poderes son por instinto e intuición —agregó.

—¡Mi amuleto! —dijo Zaphirah con asombro—. Mi abuelita me dijo que no me lo quitara nunca, desde que era una niña de dos años. ¡Lo recuerdo perfectamente! Pero ¿qué clase de poderes tengo, Halú?

—Eso lo descubrirás poco a poco, sola te darás cuenta. Ahora tienes que venir conmigo, ¡nos están esperando! —contestó Halú.

En ese momento, Zaphirah no podía procesar toda la información que el hada le había confesado; Halú trataba de no espantarla, pues de ello dependía el futuro de Lizandria. La niña sentía que nada era real. De pronto, se encontraba ahí, hablando con una pequeña hada y, además, tenían que ir a otro mundo, el mundo de donde eran originalmente.

—¿Y mis padres? —preguntó Zaphirah, preocupada.

—Después habrá oportunidad de explicarles. ¡Ahora no hay tiempo! —contestó Halú.

—¡Mi madre se pondrá muy angustiada! —dijo Zaphirah.

—No podemos hacer nada, ¡tenemos que irnos, Zaphirah! —contestó el hada.

—Está bien, Halú, ¡vámonos! —aceptó Zaphirah, decidida—. ¿Me puedo llevar a Coque? Nunca nos hemos separado —agregó la niña.

—Lo siento, Zaphirah, pero no podemos llevarlo. En Lizandria se volvería muy frágil, lo mejor es que se quede —contestó Halú—. Pronto lo verás por ti misma; Lizandria está pasando por momentos difíciles —agregó.

La niña cargó a Coque, lo abrazó muy fuerte, mientras las lágrimas rodaban por sus mejillas. Coque, a pesar de ser un perrito pequeño, era su amigo, su refugio, como alguna vez le dijo su madre. Coque siempre sentía lo mismo que Zaphirah. Ahora no se quería ir, por lo que Zaphirah lo alejó de aquella parte del jardín.

—¡Estoy lista, Halú! —dijo Zaphirah, sin imaginar todo lo que le esperaba en Lizandria.

—Solo los sehu o los Elementos pueden abrir el portal mágico —dijo Halú—. ¡Sígueme!

De pronto, estaban frente al gran árbol de la esquina: ¡ahí se encontraba el portal mágico! Exactamente donde se encontraba la piedra redonda, a la cual, en ocasiones, iban Zaphirah y Coque.

—Las palabras mágicas para abrir el portal son PORMA DESA EMBA EMA y significan: «Portal mágico de la sabiduría del bien y el mal». Solo tienes que repetirlo dos veces y el portal se abrirá —explicó Halú, el hada del sur.

—Está bien, pero ¡tengo miedo! No sé qué hacer, Halú —dijo Zaphirah.

—¡Escucha bien, Zaphirah! —dijo Halú, mirándola a los ojos—. Siempre recuerda estas palabras: siempre sé tú misma, actúa con sinceridad, valor y lealtad, defiende los ideales de tu alma y espíritu y, siempre, a donde quiera que vayas, la verdad, por buena, mala, alegre o triste que sea, se te revelará y tu alma fortalecerá —agregó con sabiduría.

Con miedo e inseguridad, se puso frente al árbol y, de pronto, el amuleto de Sarudien empezó a brillar. Ella, sorprendida, pronunció las palabras que Halú le había dicho...

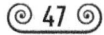

—PORMA DESA EMBA EMA—dijo Zaphirah—. PORMA DESA EMBA EMA —repitió.

De pronto, el árbol se llenó de una gama de colores resplandecientes, salió una luz hermosa ante los ojos de la niña. En ese momento, ¡ella sintió tantas emociones! El amuleto brillaba, al igual que todas las piedras incrustadas. La niña no podía explicarse lo que estaba viviendo, tenía miedo y alegría a la vez, todo era diferente a lo que había visto.

—¡Vamos, Zaphirah! —dijo Halú—. No te quedes ahí parada, no hay tiempo, ¡entra! —la apuró.

—¡No puedo creer que vamos a pasar a través del árbol, esto no es real! —dijo Zaphirah.

—Y esto es solo el principio, querida —dijo Halú.

La niña y el hada entraron al portal mágico; todo brillaba. ¡Se estaban transportando desde la Tierra al mundo de Lizandria! Era como un gran tornado de colores. Tenía que caminar, sentía que descendía y estaba mareada. De pronto, salieron por un árbol gigante en lo más alto de una montaña; era como un jardín lleno de hermosas flores y pequeños árboles. El portal mágico, que era otro árbol en Lizandria, estaba custodiado por dos enormes estatuas que eran como dos osos guerreros. ¡La niña no podía creer lo que veía! Siguió caminando hasta llegar al borde de la montaña y, por primera vez, vio Ciudad Tizara. ¡La vista era impactante! Había un enorme lago rodeado por montañas, con construcciones dentro de ellas y, a lo lejos, alcanzaba a ver la unión del lago con el mar.

—¡Bienvenida a Lizandria, Zaphirah! ¡Bienvenida a tu mundo! —exclamó Halú.

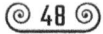

Zaphirah no hablaba, solo miraba a todo su alrededor. Su amuleto no dejaba de brillar.

—¿Dónde estamos, Halú? —preguntó Zaphirah, asombrada.

—Estamos en Ciudad Tizara de los yaramín —contestó Halú, contenta.

—¡Dios mío! ¡Qué ciudad tan bonita! —dijo la niña.

—Ciudad Tizara es hermosa, natural y con mucha cultura —contestó Halú.

Los yaramín eran de las criaturas más antiguas de Lizandria, quizá más de treinta mil años-lizandria. Su lengua es el yaraminé. Ellos tenían grupos de yaramín muy sabios, que se dedicaron a estudiar a todas las criaturas que existían en Lizandria. Hablaban la mayoría de las diferentes lenguas. Ahí fue donde se construyó el portal mágico.

La niña estaba impresionada con la ciudad. Demostraba su respeto por la naturaleza en toda su construcción. Los yaramín eran criaturas independientes, agricultores y pescadores. Ellos mismos construyeron sus casas dentro de las montañas, alrededor del lago Tolú. Les gustaba la pintura y tallaban esculturas. Todos eran de un solo color: morenos, de ojos negros, con cabello corto y lacio. Su rostro siempre estaba pintado de una forma artesanal. Eran sanos, fuertes y, anatómicamente, eran parecidos a los sehu, pero los yaramín tenían sus pies iguales a las patas de un pato.

Ellos podían sumergirse en el agua durante horas y se podían comunicar con los animales mentalmente. Los caballos eran muy importantes en su cultura, fundamentales en su civilización, y los trataban como a sus más fieles amigos. En Ciudad Tizara, todos los caballos, sin excepción, eran blancos. Cada yaramín tenía su propio caballo y se distinguían por los collares que su dueño les fabricaba. Cuando un yaramín estaba en peligro, si era necesario, su caballo se convertía en pegaso: le salían alas y tenía mucha fuerza. Los yaramín eran buenos guías en Lizandria; conocían a la mayoría de las criaturas, las respetaban y se defendían cuando eran atacados. La misma lanza que utilizaban para pescar era su arma de batalla. Su única habilidad mágica era comunicarse con la mente. Eran serios y reservados, guerreros con astucia.

—El rey de los yaramín se llama Zamo y es miembro de la Alianza, Zaphirah —dijo Halú.

—Aún no puedo creer lo que estoy viviendo —aseguró Zaphirah, con miedo—. No sé qué hago aquí... ¡Creo que debo regresar a mi casa, Halú! —agregó.

—¡Zaphirah! Sé que es mucha información y que es impactante para ti. Pero debes aceptar las cosas como son. Esta es tu realidad, no puedes huir de ello, huir de ti misma, de tu destino, cualquiera que sea, aquí o en la Tierra. ¡Vive, hija! Sé valiente y déjate llevar por los ideales de tu corazón y de tu alma; de tu esencia —contestó Halú.

—¡Halú, no entiendes! —exclamó Zaphirah, con profunda resignación—, no sé qué hacer. En estos momentos, mi cabeza es como una telaraña, ¡todo es tan confuso! Trato de imaginar que este es mi mundo, pero no puedo. ¡Todo llegó de golpe, tan rápido!

—Ten paciencia, poco a poco entenderás y, tú misma, con el tiempo, tomarás tus propias decisiones —contestó Halú.

Estaban en eso cuando llegó un joven yaramín llamado Toluk.

—Buge, qur etao qurzemur, geh ihkel ihqireldu —dijo Toluk en yaraminé.

—¿Qué dijo, Halú? —preguntó Zaphirah.

—Es la lengua yaraminé —contestó Halú.

—Hola, por aquí, las están esperando —dijo Toluk nuevamente, ahora en el lenguaje universal de Lizandria, el mismo que Zaphirah y Halú hablaban.

—Gracias —contestaron las dos.

—Ih al qgevir —dijo Toluk, en yaraminé. —Es un placer —tradujo Toluk, a la lengua de Lizandria.

—Prefiero que hables mi idioma, por favor —dijo Zaphirah con frustración.

—Está bien, siento haberte incomodado —contestó Toluk.

—En realidad, no entiendo nada y eso me estresa —dijo Zaphirah con amabilidad.

—Sí, te entiendo, no te preocupes —contestó Toluk.

—¿Tú sabes yaraminé, Halú? —preguntó Zaphirah.

—No. Solo entiendo dos o tres palabras —contestó Halú.

La niña y Halú, el hada del sur, se habían transportado por un portal mágico, cuya entrada era un árbol. En los dos mundos era exactamente el mismo árbol, la diferencia es que, en la Tierra, estaba plantado en el suelo con tierra, mientras que en Lizandria, el árbol estaba con las grandes raíces sumergidas en un suelo de cuatro colores que brillaban mucho. Eran azul, como el zafiro; blanco, como el diamante; rojo, como el rubí y verde, como la esmeralda. En medio del tronco había una figura circular, con las cuatro piedras incrustadas, una de cada color y, en el centro de esas cuatro piedras, había una quinta piedra, era como un cristal hexagonal púrpura; por su color sabía que era especial. Las hojas eran verdes, naturales, con un brillo mágico. Este enorme árbol estaba en medio de dos esculturas impresionantes: dos osos guerreros mostrando sus grandes colmillos y sus enormes garras. Zaphirah, Halú y Toluk, el yaramín, bajaron por unas escaleras hacia el interior de la montaña. Había pinturas, esculturas y jeroglíficos en las paredes hasta llegar a la parte más baja. Ahí entraron a un enorme salón, en cuyo fondo había un trono hecho de piedra. Del otro lado tenía un ventanal, a través del cual se veía el paisaje que daba al gran lago Tolú. La niña no pudo evitar admirar todo el lugar, en donde sintió amor y respeto por la naturaleza. En eso, llegó el rey de los Yaramín, Zamo.

—Rey Zamo, gracias por permitirme ir por Zaphirah a la Tierra —dijo Halú—. Todo salió como se había planeado. Ya es hora de llamar a los integrantes de la Alianza APPA, señor —agregó Halú, con esperanza.

—¿Tú eres la princesa Zaphirah? —preguntó el rey—. ¡Te pareces mucho a tu madre! Yo soy el rey Zamo, de Ciudad Tizara y él es mi hijo, Toluk, príncipe de Ciudad

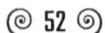

Tizara, mi futuro sucesor —agregó el rey con orgullo.

—¿Princesa? —preguntó Zaphirah con asombro.

—Rey Zamo, Zaphirah en estos momentos está confundida. Edugel nunca le habló de su verdadero origen, ni a ella, ni a las personas que la cuidaron en la Tierra —explicó Halú.

—¡Las personas que me cuidaron! ¡Son mis padres, Halú! —exclamó Zaphirah.

—Entiendo. No tengas miedo, princesa. Te lo explicaremos poco a poco, es normal tu confusión —comentó el rey Zamo con serenidad.

El rey Zamo se dirigió entonces a su hijo, el príncipe Toluk:

—¿*Vunu ihkeh busu?* (¿Cómo estás, hijo?) —preguntó el rey a Toluk, en yaraminé.

—*Foil, qedri.* (Bien, padre) —contestó Toluk.

—*Toluk, gi ilhicereh e Zaphirah evirve di Lizandria.* (Toluk, le enseñarás a Zaphirah acerca de Lizandria) —continuó el rey Zamo en su lenguaje.

—*Ho qedri.* (Sí, padre) —contestó Toluk.

—Zaphirah, Toluk es de los mejores guías en Lizandria, él podrá enseñarte acerca de las criaturas que habitan en nuestro mundo —dijo el rey Zamo con tranquilidad.

—Gracias, rey Zamo —contestó Zaphirah.

—Gracias, rey, estoy en paz y tranquila —dijo Halú—. Tener de vuelta a esa pequeña bebé, saber que es un eslabón importante para el amor, la paz y la esperanza de Lizandria, me llena de alegría —agregó Halú con emoción.

Toluk tenía sesenta y cinco años-lizandria, quince años más que Zaphirah (recordemos que Zaphirah tenía cincuenta años-lizandria). El rey Zamo mandó llamar a su mano derecha, un yaramín llamado Hunako, el segundo en mando. Los dos llevaban centenas de años al cuidado de Ciudad Tizara, siempre actuando leal y fielmente, protegiendo a los yaramín y al portal mágico.

—*Hunako riali e kuduh guh qeaweuh vugofro w nelde nilhesi e kude ge egoelxe APPA. ¡E yilledu ig nunilku tai kelku binuh ihqiredu!* (Hunako, reúne a todos los pájaros colibrí y manda mensaje a toda la Alianza APPA. ¡Ha llegado el momento que tanto hemos esperado!) —dijo Zamo con esperanza.

—*Ho hicur ¿Tai nilhesi taoiri tai hi neldi?* (Sí, señor. ¿Qué mensaje quiere que se mande?) —preguntó Hunako, con curiosidad.

—*We ihke etao il Lizandria ge qrolvihe Zaphirah. Bexgu vul navbe veakige, difinuh vaoder luh dig ilinollu, eal lu difil hefir tai iye mome.* (Que ya está aquí, en Lizandria, la princesa Zaphirah. Hazlo con mucha cautela, debemos cuidarnos del enemigo. Aún no deben saber que ella está viva) —contestó Zamo.

—*¡Ho hicur!* (¡Sí, señor!) —contestó Hunako con emoción.

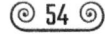

Esa cálida y soleada mañana, Hunako reunió a todos los colibríes. Estos mágicos pájaros no eran del tamaño de los que habitaban en la Tierra, eran del tamaño de un pato. Hunako les puso un pequeño pergamino entre las patas y cada colibrí voló hacia su destino. Hunako regresó con Zamo, confirmándole que ya había enviado el mensaje a toda la Alianza APPA. Por otro lado, el príncipe Toluk llevaba a Zaphirah y a la reina de las hadas del sur a la habitación en que se alojarían. Conforme iban subiendo las escaleras, la niña no dejaba de admirar los murales. Las pinturas en las paredes reflejaban la cultura de los yaraminé.

—En la Tierra hay museos con pinturas antiguas, ¡pero esto es impresionante! —dijo la niña con sorpresa.

—Nuestros ancestros nos han dejado como herencia una gran cultura, lo menos que podemos hacer es cuidarla y enseñar a las nuevas generaciones a no olvidar nuestras raíces, nuestros orígenes —contestó el príncipe Toluk con orgullo.

—Toluk, ¿hay escuelas en Lizandria? —preguntó la niña.

—Así las llaman los humanos, ¿verdad? —preguntó Toluk.

—¡Los humanos! —exclamó Zaphirah con sorpresa—. ¿En Lizandria cómo las llaman? —preguntó.

—Solo hay una y nosotros somos criaturas mágicas —contestó Toluk—. Hay un lugar, lejos de toda cultura. Se encuentra en la isla Nemidú, pasando la isla Barposos, hacia el oeste de Lizandria. Un lugar al que le llamamos Mosamindria.

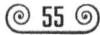

En ese momento, la niña observó hacia dónde señalaba la mano de Toluk. Vio la terminación de las enormes montañas, el inmenso lago Tolú y el camino que llevaba a mar abierto. La niña, de pronto, sintió miedo y empezó a hacerse preguntas sobre su origen real.

—Me imagino que quieren descansar, esta será su habitación mientras estén en Ciudad Tizara —dijo Toluk.

—Gracias, Toluk —contestaron las dos.

Zaphirah cerró la puerta y miró alrededor de la recámara. Ellas se encontraban en lo más alto de la montaña. La niña, lo primero que hizo, fue ir hacia el gran ventanal; observó el inmenso paisaje, que era algo que no podía describir. Con calma, observó cuidadosamente que, alrededor del lago Tolú, había montañas gigantescas con construcciones internas que tenían ventanales impresionantes. Era una arquitectura natural, sencilla, que reflejaba un gran conocimiento sobre la misma naturaleza. Al final del lago había una conexión con el mar. No había dormido nada; cuando el hada fue por ella a la Tierra era medianoche. Y, al transportarse al mundo de Lizandria, era de día. Habían pasado muchas horas mientras conocía al rey de la ciudad y, cuando el príncipe Toluk las llevó a su cuarto, ya había anochecido. La noche era oscura y el cielo estaba lleno de estrellas. La luna gigante se reflejaba en el lago y este, a su vez, alumbraba las pequeñas canoas ancladas en las orillas. Zaphirah aún no podía creer que estaba tan lejos de su casa y tan cerca de sus verdaderos orígenes.

—¡Qué bello paisaje! —exclamó Zaphirah, admirada.

—Así es, sin duda, una de las ciudades más bellas de Lizandria —contestó Halú.

—Podría quedarme aquí observando cada detalle de este increíble paisaje —dijo Zaphirah.

—¡Lo sé!, pero mejor descansa, te esperan días que, definitivamente, cambiarán tu vida —contestó Halú.

—Extraño a mis padres, aunque mi padre fuera tan estricto. Ellos han de estar preocupados por mí... ¡Debí decirles, dejarles una nota, algo! —dijo Zaphirah, preocupada.

—Por ahora no, Zaphirah. Más adelante podrás hacerlo —contestó Halú.

En ese preciso momento, la niña sintió mucha tristeza en el alma. Brotaron lágrimas de sus ojos y empezó a dar vueltas por el cuarto. En el techo colgaban velas anchas y doradas para alumbrar el lugar. Al fondo había una pared llena de libros viejos; en otra había murales y pequeños jeroglíficos. De pronto, percibió un olor natural, como de tierra mojada. La cama estaba hecha de algodón. La niña se acostó. Sentía que estaba soñando e imaginó que, al despertar, estaría en su cuarto junto a Coque y sus padres. Zaphirah había crecido con tradiciones; tanto su abuela como su mamá le habían enseñado a dar gracias al Creador de la Tierra por la vida, hasta quedar dormida, y así lo siguió haciendo.

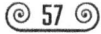

LA ALIANZA DE LA PROTECCIÓN APPA

La Alianza de la Protección APPA, de las criaturas mágicas en Lizandria, procuraba mantener el amor, la paz y la esperanza. Esta alianza estaba compuesta por diferentes criaturas. La princesa de los sehu, Amaranta Diterfisús; la reina de las hadas del sur, Halú; el rey de los yaramín, Zamo; el rey de los enanos de Telnión, Natenión; la reina de las ninfas de Mananri, Asrania; el príncipe de los elfos de Avillú, Yasuj; el rey de los simios parlantes, Sivolú; los Cuatro Pilares de Lizandria, los Cuatro Elementos: la bruja Yuna, del elemento Tierra; la bruja Yala, del elemento Agua; el mago Nie, del elemento Aire y el mago Gasba, del elemento Fuego.

La Alianza había recibido el mensaje del rey Zamo y, a la mañana siguiente, poco a poco, iban llegando a Ciudad Tizara sus miembros. La niña se encontraba en el salón Lahuza; traía puesto un vestido color blanco, largo hasta los tobillos, con una abertura desde la rodilla y botas negras. Llevaba su amuleto al cuello y, además, un pequeño morral negro. Aquel día, Zaphirah se sentía nerviosa y tímida y, al acercarse al gran ventanal, no podía creer lo que veía. Estaban llegando todos aquellos personajes que solo había visto en libros que leía junto a su abuelita Edugel. En ese momento comprendió que su abuelita la estaba preparando para esto.

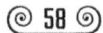

En la época en la que nació Zaphirah, la entonces princesa Amaranta, Halú, Zamo y Yuna se encargaron de la bebé. Una noche de luna llena, en *hoto* (otoño), la estación de las hojas caídas, la princesa Amaranta dio a luz a una niña. En ese tiempo, había una batalla entre el bien y el mal; peleaban contra la bruja oscura, Nela, y todos los desertores, aquellos a los que les gustaba el caos en Lizandria. Nela, la bruja oscura, quería tener el poder completo en Lizandria. En esa época, ya existía el gran portal mágico entre la Tierra y Lizandria. Se decía que los Cuatro Elementos y los sehu tenían que ver con su origen. La leyenda contaba que fue creado para compartir conocimientos con los humanos y para que los humanos compartieran sus conocimientos con las criaturas de Lizandria; pero, con el tiempo, se dieron cuenta de que cada mundo tenía que seguir su propio camino.

Sin embargo, era demasiado tarde: la princesa Amaranta se había enamorado de un humano y quedó embarazada. La bruja oscura nunca se enteró del nacimiento. La leyenda contaba que la princesa Amaranta tuvo que dejar a su bebé en la Tierra, porque corría un grave peligro y, a su regreso, ya había perdido a sus padres.

Entonces, toda Ciudad Alemo, junto a la princesa, quedaron bajo un hechizo lanzado por la bruja oscura. Según la leyenda, la bruja lo hizo sin conocer la existencia secreta de la niña, Zaphirah. «Dejo dormida para siempre a la princesa Amaranta. Solo podrá despertarla el amor puro, el amor ingenuo, la fe de una hija.» Y todos los habitantes quedaron convertidos en estatuas de piedra.

La Alianza APPA estaba en Ciudad Tizara. El rey Zamo los dirigió al salón Lahuza, donde se encontraba la niña. El gran salón irradiaba energía positiva, había esculturas de las diferentes criaturas y jeroglíficos ancestrales. En el centro había una mesa redonda de piedra, con escrituras grabadas. Cada silla tenía símbolos referentes a cada criatura perteneciente a la Alianza APPA.

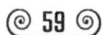

—Tomen asiento. Los he llamado para que conozcan a la princesa Zaphirah Diterfisús, hija de Amaranta Diterfisús, de Ciudad Alemo, princesa de los sehu —dijo el rey Zamo con entusiasmo.

—Hola —saludó Zaphirah con timidez.

—Había una leyenda de la existencia de una hija de Amaranta, ¡pero decía que murió al nacer! —exclamó Sivolú, rey de los simios parlantes, con asombro.

—No, Sivolú; Amaranta nos pidió guardar este secreto —contestó Halú.

—¿Por qué ocultar la verdad a la Alianza APPA? —preguntó el rey Natenión.

—Por el bien de la niña —contestó la bruja Yuna, del elemento Tierra, mientras se ponía de pie—. Si la bruja oscura se hubiera enterado de la existencia de Zaphirah, hubiera terminado igual que Amaranta y eso no lo íbamos a permitir —agregó Yuna.

—Siendo así, entonces ¿por qué presentarla ahora? —preguntó el mago Gasba, del elemento Fuego.

—Ustedes saben que, desde hace algunos años, han estado pasando cosas a raíz de la tragedia de Ciudad Alemo —dijo el rey Zamo—. Sin los sehu, las criaturas de Lizandria corremos peligro; la Alianza pierde equilibrio —agregó el rey Zamo.

—¿Dónde estuvo escondida? —preguntó, apuntando su mano hacia Zaphirah, el príncipe elfo de Avillú.

—En un mundo llamado Tierra —contestó la bruja Yuna, del elemento Tierra.

—Es un hecho que, en los últimos años, Lizandria ha pasado por momentos muy difíciles —dijo el rey Zamo, caminando alrededor de la mesa redonda—. Las diferentes criaturas de nuestro mundo corren peligro. Hace tiempo envié a un grupo de exploradores yaramín, comandado por mi hijo, el príncipe Toluk, y se han encontrado pequeñas ciudades atacadas. Creemos que la bruja oscura tiene que ver con ello —agregó el rey Zamo.

—*Ho ni qirnoki qedri...* (Si me permite, padre)... —dijo Toluk en su lenguaje yaraminé, acercándose a la mesa redonda.

—*Edigelki bosu, egllal doe ka hireh ig Riw di ihke voaded.* (Adelante, hijo, algún día tú serás el rey de esta ciudad) —dijo el rey Zamo con orgullo.

—Los que atacaron estas ciudades nos han dejado mensajes —dijo el príncipe Toluk con precaución.

—¿A qué mensajes se refiere, príncipe Toluk? —preguntó Asrania, la reina de las ninfas de Mananri.

—Uno de los mensajes fue: «No habrá paz ni amor en Lizandria» —contestó el príncipe Toluk.

—Zamo, creo que es necesario que cuenten lo que pasó con los codikas —dijo la bruja Yuna, del elemento Tierra—. Así, la Alianza se dará cuenta de la magnitud del problema —agregó Yuna.

—Estamos muy preocupados. Hace poco atacaron a los codikas y, aunque ellos no pertenecen a la Alianza APPA, son eslabones importantes para Lizandria —dijo el rey Zamo—. Son criaturas espirituales que proveen y habilitan a las almas contra los daños.

—Fue lamentable cuando mi grupo de exploradores arribó al gran bosque Zalera —contó Toluk—. En el camino, nos encontramos a Teana y Zamise, corriendo por el bosque, buscando ayuda de Yuna, porque habían herido a Inac gravemente —agregó el príncipe.

—¡No es posible! ¡Los codikas no se meten con nadie! —exclamó la bruja Yala, del elemento Agua—. ¡Ellos solo ayudan a quien lo necesite! —agregó Yala.

—¿Quién los atacó? —preguntó el mago Nie, del elemento Aire.

—Al parecer, fue Kashe, el Lobo del oeste —contestó Toluk.

—Esto es muy grave, rey Zamo —dijo Halú, la reina de las hadas del sur.

Zaphirah estaba sentada en el lugar de la princesa Amaranta. Con todas aquellas criaturas en la mesa redonda, aún no podía creer lo que estaba viviendo. La niña trataba de procesar todo lo que escuchaba; solo observaba a cada uno de ellos. Todos eran distintos, pero peleaban por lo mismo: proteger a Lizandria.

LA ALDEA DE LOS CODIKAS

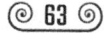

La aldea de los codikas se encontraba en el bosque Zalera. Ellos vivían en unas pequeñas casas de madera, a un lado del río Asabi. No pertenecían a ninguna alianza, pero eran grandes eslabones de energía para Lizandria. Todos ellos eran una fuerza de vida, un canal de energía divina. Los codikas creían en la existencia de un creador supremo. Para ellos, los cielos siempre protegían cada alma buena en toda Lizandria; creían que había otros mundos y que todos habían sido creados por el mismo ser supremo. Los codikas se encargaban de habilitar y reparar las almas dañadas, con la ayuda de su sabiduría, pero, principalmente, con su divinidad espiritual. Estas criaturas mágicas eran bajitas, más aún que un enano. Tenían orejas largas, nariz pequeña, ojos grandes color negro, con un aspecto tierno; su piel era áspera y dura. Estas nobles criaturas eran solo diez en toda Lizandria: cinco mujercitas y cinco hombrecitos. Cada una de estas criaturas portaba un bastón con un símbolo: ⚭. No iban a ningún lado sin su bastón mágico. Se veían de avanzada edad. Serían inmortales mientras los Cuatro Elementos siguieran siendo los Pilares de Lizandria. Comían todo tipo de hongos únicamente y tomaban agua del río Asabi. No había líder en la aldea, ya que cada uno era importante en su habilidad. Tenían su propio lenguaje ancestral, llamado yexirú. Su lema principal era: «Que el Creador de los cielos y del todo los proteja». La vegetación del bosque Zalera era abundante, llena de hermosos colores e increíbles flores, plantas y árboles de todo tipo. Los insectos comunes en la Tierra, en el bosque Zalera eran enormes, del mismo tamaño que un codika. Estas mágicas criaturas, que se preocupaban por la estabilidad espiritual de otras criaturas, tenían su propio nombre, cada una de ellas: Teana, la Preventiva; Zamisé, la Compasiva; Senid, la Eterna; Tagudra, la Equilibrada; Nona, la Expresiva; Aridú, el Sabio; Inac, el Inteligente; Zajú, el Justo; Zabé, el Noble y Mudato, el Victorioso. El río Asabi era el único donde habitaban miles de peces de diferentes tamaños y colores y eran cuidados por estas criaturas.

Aquel día, la Alianza APPA seguía en la reunión, discutiendo sobre el regreso de la princesa Zaphirah a Lizandria.

—¡Qué noticia tan triste! Yo no me encontraba en el bosque Zalera cuando sucedió eso —dijo la bruja Yuna—. El día que logremos despertar a la princesa Amaranta del hechizo de sueño, se entristecerá mucho. Meterse con los codikas es preocupante —agregó.

—No podemos permitir esto —sentenció Halú, el hada del sur.

—Nadie sabe de la existencia de la princesa Zaphirah, ni la bruja oscura, ni los desertores —aclaró el rey Zamo—. Cuando se enteren, todos sabemos que harán hasta lo imposible para acabar con ella —agregó con preocupación.

—Por lo tanto, mis queridos amigos, esta niña es la única que puede despertar a la princesa de los sehu y terminar así con el hechizo de Nela, la bruja oscura —comentó la bruja Yuna, del elemento Tierra—. Todos nosotros, la Alianza APPA, lograremos llevar a la niña hasta Ciudad Alemo —agregó decidida.

—Yuna, el castillo del rey Etos queda por el lago Turipi, hacia el este, tenemos que cruzar las montañas de Zachen, los peñascos profundos de Tymor y, por último, el bosque encantado de Arsavi —dijo la bruja Yala, del elemento Agua—. Será una odisea, ¡cuenta conmigo!

—La gran fuerza, sin unión, no repercute en nada —

señaló Sivolú, rey de los simios parlantes—. Lo que iniciaremos hoy requiere de persistencia, paciencia y trabajo de toda la alianza. No podemos rendirnos, porque de ello dependerá el futuro de Lizandria —agregó con convicción.

Cuando Sivolú, rey de los simios parlantes, terminó de hablar, todos quedaron en silencio. Uno por uno se levantaron de su silla y, al final, cuando todos estaban de pie, a excepción de la niña, elevaron la mano derecha y, al mismo tiempo, todos pronunciaron la frase: «¡Por la paz de Lizandria!».

En ese momento, la niña estaba a punto de llorar, tratando de ser fuerte. Observaba en silencio a cada criatura, la fortaleza de cada líder, la convicción que tenía la Alianza. Zaphirah tenía el alma al borde del precipicio. Estaba nerviosa; tenía miedo y estaba confundida. Sentía una serie de emociones encontradas. La niña respiró profundamente y se levantó de la silla.

—No conozco a ninguno de ustedes, todo esto es nuevo para mí. No sé nada de este mundo. Parece un sueño, ¡pero todo lo que veo es tan real! —dijo la niña, nerviosa—. Aún desconozco por qué soy tan importante. Soy una niña con muchos defectos, miedosa, insegura y demasiado sensible, sin embargo, sí conozco lo que son el amor, la paz y la esperanza. Mi abuela Edugel me enseñó a valorar todo eso, así que, con todo mi miedo, iremos al castillo por la princesa Amaranta —agregó la niña, enfáticamente.

En ese instante, toda la Alianza APPA escuchaba con atención a la niña y quedaron sorprendidos y con una gran esperanza.

—En nombre de los elfos de Ciudad Tisimor, estamos contigo, princesa —afirmó el príncipe Yasuj con seguridad.

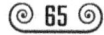

—Eres valiente, como Amaranta, pero no podemos hacerlo tan deprisa. Tienes que saber defenderte, aprender a utilizar tus poderes —observó el rey—. Pasarán por lugares bellos, llenos de vida, así como por lugares tenebrosos llenos de misterio —agregó con sabiduría.

—Sí, señor —contestó Zaphirah.

—Toluk te enseñará, a partir de mañana, todo lo necesario para que comprendas tus habilidades mágicas —indicó el rey—. Gracias por asistir a esta reunión, estaremos en contacto. Me dice Hunako que se avecina una gran tormenta, tomen todas las precauciones para regresar sanos a sus ciudades —agregó Zamo.

En Ciudad Alemo, hacia el este, por el lago Turipi, se encontraba el castillo de Baltar; un castillo oscuro y tenebroso. Ahí vivían Nela, la bruja oscura, y su cuervo, llamado Cutapí, enorme, negro, con unos ojos color rojo.

—Siento algo raro, esto me está poniendo nerviosa. No me gusta nada, presiento que algo está pasando o va a pasar —dijo la bruja oscura con molestia—. ¡Cutapí! ¡Cutapí...! Ven aquí —gritó.

A Cutapí lo encontró una noche oscura entre el cementerio ancestral de Ciudad Alemo y el lago Turipi, cuando la bruja oscura corría despavorida el día que Ecalec la había despojado de su alma, quedando vacía y amargada. En ese momento llegó Cutapí, se paró en el brazo de Nela y empezó a hacer un ruido chillón y estridente.

—¡Ahí estás!, ¡vete al norte, al sur, al oeste, observa y sabrás qué hacer! —ordenó la bruja oscura, enojada.

Y así, Cutapí alzó el vuelo, perdiéndose entre las nubes

negras. La apariencia real de Nela era de una bruja fea, arrugada, con una joroba en la espalda. Pero los demás la veían como una mujer guapa, alta y delgada.

Mientras tanto, en Ciudad Tizara, se encontraba la niña en su habitación, pensativa, confusa. Extrañaba a sus padres, a sus amigos, su casa, a Coque. Recordó todo lo que se había hablado en la reunión, lo que cada criatura decía hasta que se quedó dormida. Al día siguiente, llegó Toluk, tocó la puerta y Zaphirah abrió y salió.

—Tenemos que empezar tu entrenamiento —dijo Toluk, emocionado.

—¿De qué? —contestó Zaphirah.

—Tienes que aprender cómo utilizar tus poderes —mencionó Toluk con paciencia—. Cómo controlarlos, aprender a relajarte, tener paciencia, concentrarte y estudiar sobre Lizandria —agregó—. ¿Sabes? Los sehu eran las criaturas con poderes únicos en Lizandria. Hacían campos magnéticos para su protección. Tenían una intuición avanzada. Eran veloces y, físicamente, eran como los humanos. Lo único que los distinguía es la media luna que tienen las mujeres detrás de la oreja derecha; los hombres no la tienen —contó Toluk—. Pero no te desesperes, poco a poco lo descubrirás por ti misma.

—Gracias por todo, Toluk —dijo Zaphirah.

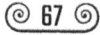

Durante la estación de otoño, citaón de hoto, Zaphirah aprendió sobre sus orígenes, además de cómo usar sus poderes mágicos y conocerse a sí misma. Toluk le enseñó a controlar sus emociones y, después de cinco meses (conic sesem), la niña podía mover cosas desde lejos con el movimiento de sus manos: desde una piedra hasta un árbol gigante. A lo largo de esos meses, se dio cuenta de lo avanzada que era su intuición; lograba hacer campos magnéticos cuando percibía peligro y era veloz. En esa época, Zaphirah y Toluk se hicieron grandes amigos.

Una noche, cuando Zaphirah estaba dormida, escuchó en sus sueños:

—¡Corre, Zaphirah, corre! —le gritaba su abuelita Edugel—. ¡Sé fuerte, no tengas miedo! —Entre montañas blancas, a lo lejos, había una nube de arena. Todo temblaba y el sonido agudo del correr de un río se escuchaba—. ¡Confía en tu intuición, mi niña!

Y, de pronto, en medio de la oscuridad, se escuchó un grito:

—¡Noooo!

—Zaphirah... ¿Qué pasa? —preguntó Halú acercándose a la cama de la niña con preocupación.

—¡No sé, Halú! ¡Fue como una pesadilla y también escuché la voz de mi abuelita! —contestó Zaphirah muy agitada.

—¡Mírate! Estás sudando y estás muy asustada —señaló Halú.

—¡No terminan estos sueños! —dijo la niña—. Continúan aquí, en este mundo —agregó Zaphirah.

—¿Has tenido antes este tipo de sueños? —preguntó Halú con curiosidad.

—Recuerda que ya te había hablado de ello el día que nos conocimos en la Tierra. Los empecé a tener desde aquel accidente que tuve a los dos años —contestó la niña.

—¿Qué te pasó, Zaphirah? —preguntó Halú, intrigada.

—Recuerdo muy bien aquel día: mi papá estaba leyendo un libro, mi mamá estaba haciendo la cena, la chimenea aún tenía el carbón recién apagado —relató Zaphirah—. Me acerqué, le eché agua con un vaso y una ceniza salió volando y cayó en mi brazo izquierdo. El pedazo de carbón aún estaba ardiendo y me hizo esta herida profunda —agregó mostrándole el brazo.

—¿Es esa pequeña cicatriz en forma de rombo? —preguntó Halú, señalándola.

—Sí, Halú, es esta —contestó la niña—. El terrible dolor que sentí lo he olvidado, pero aún recuerdo aquel día como si hubiera sido ayer —agregó Zaphirah.

—Eras tan pequeñita... —dijo Halú con ternura.

—Recuerdo a mis padres peleando entre ellos. Mamá tenía el rostro angustiado y mi padre la culpaba por el descuido —continuó Zaphirah—. Yo lloraba y gritaba. Recuerdo que la piel se me alzaba como si fuera un globo —agregó, con un escalofrío, la niña.

—¿Y siempre has tenido pesadillas? —preguntó Halú con curiosidad.

—A partir de ese accidente, empecé a recordar lo que había soñado la noche anterior: cada sueño, cada detalle —respondió la niña—. Tenía sueños normales, pesadillas y los sueños raros, extraños. Cuando abuelita Edugel murió, eran diarios, como si estuviera en otro mundo —agregó Zaphirah.

—¡Es extraño! —comentó Halú—. No encuentro ninguna

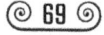

explicación, pero la bruja Yuna podría tener la respuesta. Tiene un libro antiguo en el que quizá venga algo, niña —agregó esperanzada.

—Recuerda que, antes de venir para acá, te conté que yo ya había soñado que me hablaban en mi sueño, tal como tú lo hiciste cuando fuiste por mí a la Tierra —dijo Zaphirah.

—Tranquila, confío en que Yuna podrá ayudarte —sostuvo Halú—. Ahora, duerme —agregó.

Al día siguiente, una mañana cálida y soleada, llegó Toluk por Zaphirah.

—Zaphirah, hoy saldremos de Ciudad Tizara, a ver si estás preparada —anunció Toluk con emoción.

—Tengo miedo de fallarles —contestó Zaphirah, preocupada.

Toluk tomó ligeramente la mano de Zaphirah. Estaban cerca del trono del rey Zamo.

—No pienses así, Zaphirah. Cuando fallamos en algo, el único fallo es hacia nosotros mismos, a nuestros ideales —dijo Toluk—. Por la princesa Amaranta no te preocupes. Toda la Alianza APPA trabajará en equipo, no todo depende de ti —agregó Toluk.

Desde el otro lado del salón donde se encontraba el trono, estaba el rey Zamo que, observándolos; movió la cabeza con preocupación y enseguida mandó llamar a su hijo, el príncipe Toluk. Hunako fue en busca de Toluk y le dijo que se presentara ante su padre. Cuando Toluk llegó, ahí estaba el rey Zamo, sentado.

—¿*Tai livihoke di no, qedri?* (¿Qué necesita de mí, padre?) —preguntó Toluk en su lenguaje yaraminé.

—*Toluk bevi aleh bureh ki ihkami ufhirmeldu, ihkefeh vul Zaphirah. Hiw ilkoildu tai ihkuh agkonuh nihih beh ihkedu vulmomoildu naw di virve vulge qrolvihe. Lu ugmodih ig vunqrunohu tai koilih vul Ylud il aluh acuh hire ka ihquhe w gi difih rihqiku.* (Toluk, te estuve observando. Estabas con Zaphirah. Sé y entiendo que estos últimos meses has estado conviviendo muy de cerca con la princesa. Pero no olvides el compromiso que tienes con Ylud; en unos años, será tu esposa y le debes respeto) —advirtió el rey Zamo, preocupado.

—*Lu, qedri, lu hi qriuvaqi. Zaphirah w wu hugu hunuh enolluh w eal hunuh aluh locuh.* (No, padre, no se preocupe. Zaphirah y yo solo somos amigos y aún somos unos niños) —aseguró Toluk con tranquilidad.

Por la tarde, Zaphirah y Toluk estaban todavía lejos de Ciudad Tizara, hacia el este de Lizandria. Se encontraban cerca de la entrada del desierto Purinova y, de pronto, ella sintió algo extraño, como un presentimiento. Su intuición le decía algo.

—¿Qué pasa, Zaphirah? —preguntó Toluk.

—No sé, Toluk, me siento extraña —contestó Zaphirah con angustia.

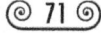

Zaphirah observó una nube de arena y, de la nada, salió de ella una estampida de caballos negros, grandes. ¡El problema es que iban directo hacia ellos! La reacción de la niña fue instintiva; hizo un movimiento rápido con sus manos y formó un gran campo magnético alrededor de ellos y de sus dos caballos blancos. La estampida, que venía con gran fuerza, se desvió hacia el norte. Detrás de ellos venía una serpiente gigante, que quería comerse a uno de los caballos.

—¿Qué es eso? —preguntó Zaphirah, asustada.

—Es una serpiente gigante, ¡no te muevas, Zaphirah! —ordenó con fuerza Toluk.

—¡Pero no sé cuánto más puedo aguantar con el campo magnético! —dijo Zaphirah.

—Tal vez pueda persuadirla —repuso Toluk—. ¡No puedo! —exclamó finalmente.

En ese momento, los vio la serpiente. Dejó de seguir a los caballos y se dirigió a ellos a una velocidad impactante, dispuesta al ataque sin reparo.

—¡Viene hacia nosotros! —gritó Zaphirah con desesperación.

—¡Aguanta, Zaphirah! —insistió Toluk.

—¡No puedo más! —contestó Zaphirah.

De pronto, llegó un águila gigante del tamaño de un dragón. Provenía del norte de Lizandria. La niña solo miraba al águila: era blanca, con pequeños destellos dorados en sus alas. Se le fue encima a la serpiente, y con audacia y fuerza, logró ahuyentarla. Y esta se esfumó hacia el oeste, por unas montañas.

—¡Gracias, Nubidi! —dijo Toluk.

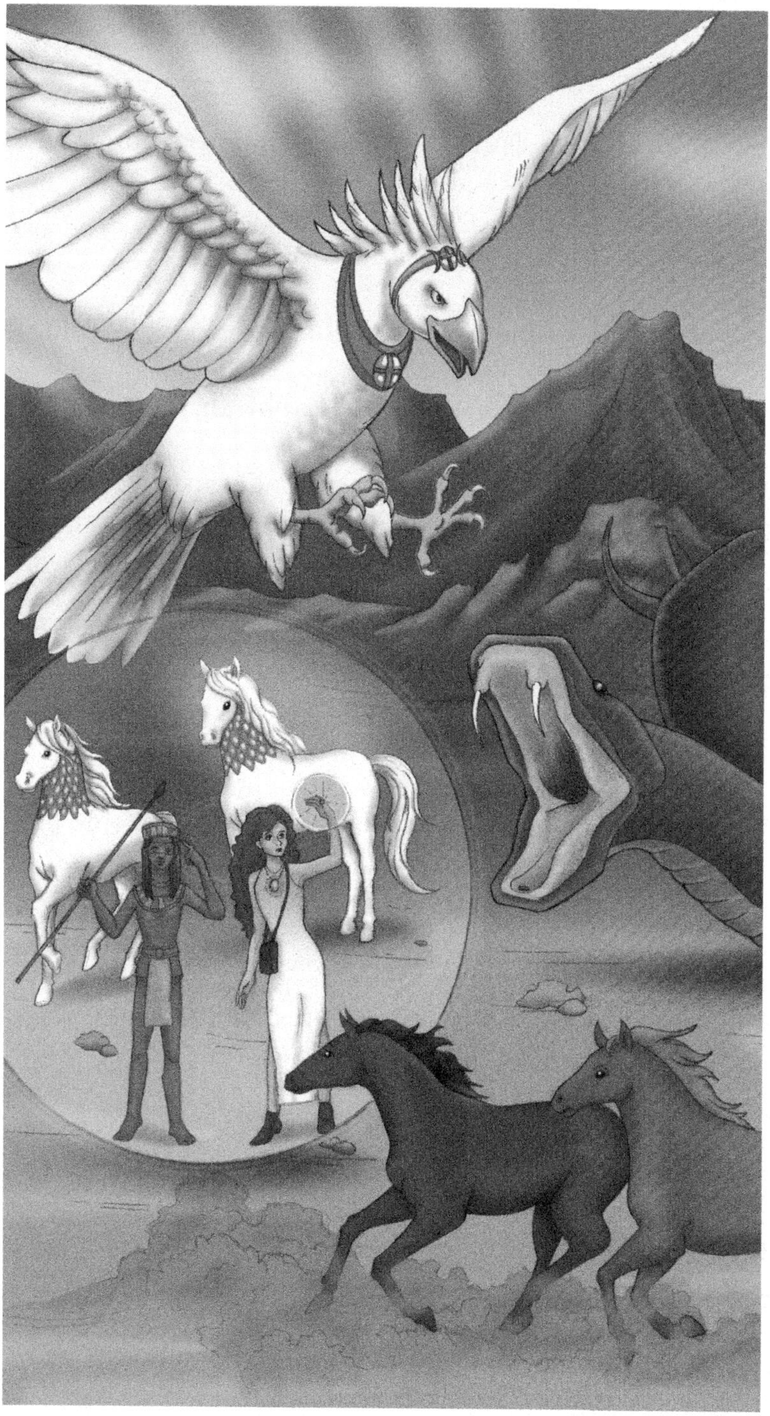

El águila dejó caer tres plumas e hizo un sonido raro, estridente...

—¡Zaphirah, dice Nubidi que tomes las tres plumas! —indicó Toluk.

—¿Por qué? —preguntó la niña.

—Que tú sabrás qué hacer con ellas —respondió Toluk.

—No entiendo, Toluk —confesó Zaphirah.

—Nubidi dice que quizá hoy no entiendas nada, pero que, poco a poco, lo entenderás —dijo Toluk—. Yo tampoco entiendo, Zaphirah —agregó.

—Gracias, Nubidi —dijo Zaphirah guardando las tres plumas en su bolsillo.

—¿Qué te pasó en la mano? —preguntó Toluk.

—No sé, hace poco que tengo esto —contestó Zaphirah.

—¿Te hiciste daño? ¡Está rojo! —exclamó Toluk.

—Me duele un poco, se acaba de poner así, ahora que Nubidi me ha dado las plumas —respondió Zaphirah—. ¡No lo sé! —agregó la niña, agitada.

—¿Tú te hiciste esa imagen? —preguntó Toluk.

—No, solo apareció un día —contestó Zaphirah—. Son tres aves, hay dos letras, o parecen letras. Es un círculo —agregó.

—Es una brújula, Zaphirah —dijo Toluk—. Yo he visto

esa figura antes, pero no recuerdo dónde. ¡He visitado tantas ciudades! Pero estoy seguro de que la he visto.

—¡No puede ser! Esto estaba en una brújula en la Tierra y, después de tomarla, me apareció esta figura —dijo Zaphirah.

—¡Déjame verla! —dijo Toluk.

—¡No, déjala! No quiero hablar de esto, casi no se ve —dijo Zaphirah.

—Pero debemos decírselo a mi padre —insistió Toluk—, porque estoy seguro de haberla visto antes.

—¡No! —replicó Zaphirah—. Esto no tiene que ver con Lizandria, vengo con ella desde la Tierra, estás confundido —agregó, retirando la mano rápidamente.

—Está bien, Zaphirah —aceptó Toluk.

El Águila alzó el vuelo, se fue hacia el oeste por las montañas Zachen y se perdió entre lo azul del cielo, entre las nubes blancas. La niña se sentía emocionada, pero cansada; había perdido demasiada energía al hacer el campo magnético. Se sentía confundida, había utilizado por primera vez uno de sus poderes, además de ver dos animales gigantes, que en la Tierra eran pequeños.

—¿Cómo llegó aquí? —preguntó Zaphirah.

—Ese es el poder de un yaramín: comunicarse mentalmente con los animales —explicó Toluk—. A Nubidi la llamé mentalmente. Vive sola en lo alto de la montaña Zachen; es un águila macho, una criatura ancestral. Solo acude al llamado de los yaramín —agregó.

—¡Nunca hubiera creído ver un águila gigante! En la Tierra hay águilas, pero son pequeñas —dijo Zaphirah.

—¡Vámonos, Zaphirah! —pidió Toluk—. Tenemos que avisar a mi padre.

Zaphirah corrió hacia la yegua blanca llamada Nalú y Toluk montó a Kuto, su caballo. Cabalgaron hacia la ciudad. Los yaramín tenían una costumbre: cada yaramín, mujer u hombre, debía tener su propio caballo. Los caballos para los hombres y las yeguas para las mujeres. Cada yaramín asignaba el nombre a su caballo o yegua, le elaboraba un collar de flores secas, ya embalsamadas. Cuando los niños yaramín cumplen cincuenta años-lizandria, en Ciudad Tizara se celebra una ceremonia llamada Nobleza y Libertad y, ahí, el rey les asigna sus caballos o yeguas. El rey celebraba este evento cada vez que diez niños o niñas yaramín llegaban a esa edad, dando así siempre un mismo discurso, heredado por sus ancestros yaramín, criaturas yaramín de Lizandria. «Nuestra cultura crece. No olviden que los caballos y las yeguas son seres vivos como nosotros, que representan lo que somos: criaturas de nobleza y libertad. Este compañero es como si fueran ustedes mismos y, cuando están en peligro, ellos revelan su poder mágico, convirtiéndose en un fuerte pegaso, hembra o macho, representando lo que somos: el poder de la vida y la conexión con Lizandria, que es toda naturaleza. Aquí todos somos criaturas vivas, aquí todos somos iguales, desde la abeja hasta un elemento».

Zaphirah y Toluk regresaron a Ciudad Tizara y contaron todo lo que había sucedido. El rey Zamo volvió a reunir a toda la Alianza APPA al día siguiente. Zamo les contó acerca de la gran serpiente, Kuda, que vivía en las montañas Napilú, hacia el norte, pasando el bosque Tanamara.

—¿Cómo te encuentras, Zaphirah? —preguntó la bruja Yuna, del elemento Tierra.

—¡Bastante sorprendida! —contestó Zaphirah.

—¿Te sientes lista? —inquirió Yuna—. ¿Ahora ya conoces tus poderes mágicos? —volvió a preguntar la bruja.

—Quizá, aún no lo sé —respondió la niña.

—Con todo esto, es muy posible que Nela empiece a sospechar algo. ¡Hará lo necesario para saber quién es Zaphirah! —observó el rey Zamo.

—Debemos estar todos alerta, ¡no podemos correr ningún riesgo! —advirtió Yasuj, príncipe de los elfos.

—¡Zaphirah es la única esperanza, es la única que puede despertar a la princesa Amaranta! —exclamó la bruja Yala, del elemento Agua.

—¡Tenemos que planear algo de inmediato! —instó el rey Sivolú.

Mientras, Kuda, la serpiente gigante, se fue hacia el norte. Llegó al castillo de Baltar, en Ciudad Alemo y le contó todo a Nela, la bruja oscura.

—¿Qué estás diciendo, Kuda? —preguntó la bruja oscura.

—Algo hizo esa niña. Choqué contra una barrera, ¡no me pude acercar a ellos! —contestó Kuda.

—¿Una humana con poderes? ¡No es posible! —gritó la bruja—. Amaranta dijo que el portal mágico había sido destruido después de que Caleg regresara a la Tierra —agregó —. ¿Estás segura, Kuda?

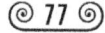

—Sí, mi señora —respondió la serpiente.

—Todo esto es muy extraño. ¡Necesitamos saber quién es esa humana! —ordenó la bruja oscura.

Nela, meses antes, había enviado a Cutapí, su cuervo, a investigar. No quería que nada ni nadie interfiriera en sus planes futuros para Lizandria.

—Ese cuervo aún no ha llegado, tenemos que investigar —dijo Nela—. ¿Quién será esa humana? —se preguntó.

—¿Y qué hace aquí, en Lizandria, señora? —secundó Kuda.

—¡No lo sé! Esto me está poniendo muy nerviosa —contestó Nela.

La bruja se acercó a un cubo mágico y pronunció un pequeño conjuro:

—Puertas del mal, ¡dadme el poder de ver lo que Cutapí ve en estos momentos!

Y, a través del gran cubo mágico, vio muchos destellos. Luego, empezó a ver el cielo, las nubes grises y un poco de lluvia.

—Cutapí está volando —dijo Nela—. Kuda, ve hacia el castillo del rey Etos. Asegúrate de que Amaranta sigue ahí, en la torre. Alerta a todos nuestros aliados —agregó Nela con maldad.

—Sí, señora —dijo Kuda.

El grupo de desertores en Lizandria, los aliados de la

bruja oscura, estaba integrado por la bruja oscura, los gigantes de un ojo, las sirenas de isla Bellmar; Kashe, el Lobo del oeste; los gnomos desfigurados de las Tinieblas de Sonoma, los vampiros del gran castillo de Murata, los piratas de la isla Barposos; Kuda, la serpiente gigante de las montañas de Napilú, y el gran dragón verde, Gofú, de la caverna de Zadra. Todos hacían lo que la bruja oscura ordenaba. Querían tener el control total sobre todas las criaturas de Lizandria y así poder esclavizarlas. Al haber convertido en piedra a los sehu, los desertores tenían mayor probabilidad de ganar todas las batallas en el mundo de Lizandria.

Mientras tanto, al sur de Lizandria, en Ciudad Tizara, a orillas del lago Tolú, se encontraban Halú, la reina de las hadas del sur, Toluk y Zaphirah, conversando. Estaban por el bosque Bolusi y contemplaban la naturaleza que había en toda la ciudad, llena de paz y tranquilidad. Después de varios meses de entrenamiento, merecían un descanso. El atardecer tenía un brillo especial entre esos colores naranja y amarillo tenue, que se perdían en el azul del cielo.

—¡Cómo resalta la naturaleza! —exclamó Zaphirah.

—Hay tantas cosas que te falta por conocer, Zaphirah. Ciudades hermosas, bosques impresionantes con diferentes criaturas... —dijo Toluk, el príncipe yaramín de Ciudad Tizara.

—Ustedes, los yaramín, parecen ser buenos; ayudan a otros sin pedir nada a cambio —comentó Zaphirah.

—Somos exploradores y guías, por lo que tenemos conocimiento de los ancestros —contestó Toluk, orgulloso.

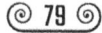

—Zaphirah, quizá es demasiado pronto, pero es necesario que conozcas la historia de tu madre —interrumpió Halú—. Ahora está bajo el sueño eterno, hechizo de Nela, la bruja oscura. Se encuentra en una de las torres del castillo de tu abuelo, el rey Etos, en Ciudad Alemo —agregó.

—Gracias por estar al pendiente de mí, Halú —dijo Zaphirah.

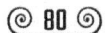

LA HISTORIA DE LA PRINCESA AMARANTA Y CALEG

Mi madre siempre me contaba esta historia; ella tenía libros con leyendas sobre las criaturas de Lizandria, pero la historia de Amaranta y Caleg es la más triste. ¡Tú, lectora o lector!, la leerás aquí: los padres de Zaphirah y su historia al detalle.

Zayeminc Baudé

En el pasado, Nela y Amaranta fueron amigas desde que eran niñas y, en los jardines de Ciudad Alemo, en los bosques cercanos a la ciudad, se respiraba armonía, paz y tranquilidad.

En el pasado, Nela y Amaranta fueron amigas desde que eran niñas y, en los jardines de Ciudad Alemo, en los bosques cercanos a la ciudad, se respiraba armonía, paz y tranquilidad.

Todo empezó a cambiar cuando crecieron y se volvieron adolescentes; Nela empezó a envidiar a Amaranta, pues, aunque las dos eran muy bellas, Nela era más hermosa, pero en su corazón habitaban la envidia y la maldad. Amaranta, por el contrario, era inocente, ingenua y con un corazón muy noble. La historia cuenta que, por alguna razón, Nela no era feliz, pues deseaba lo que la princesa tenía y, un día, llegó un caballero humano llamado Caleg. Él venía en compañía de los Cuatro Elementos: Yuna, Yala, Gasba y Nie. Por ese tiempo, se descubrió que el portal mágico los transportaba a un mundo llamado Tierra, donde los Elementos hicieron contacto con los humanos, aprendieron de ese mundo y trajeron a Caleg con ellos por un tiempo. Él conoció la cultura y a las diferentes criaturas que habitaban en Lizandria.

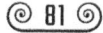

Amaranta y Nela se encontraban por el lago Turipi, cerca del castillo del rey Etos, cuando llegaron los Cuatro Elementos y el humano. El mago Gasba, elemento Fuego, se acercó y les presentó a Caleg. Ellas quedaron deslumbradas por el humano, pero Caleg no dejaba de ver los ojos color esmeralda de la princesa Amaranta y, al darse la mano, los dos sintieron algo. La historia dice que fue amor a primera vista. Por su parte, el corazón de Nela estaba experimentando rabia, coraje y unos celos profundos hacia su amiga, los cuales tuvo que disimular, y aparentar que todo estaba bien.

Con el paso del tiempo, los Cuatro Elementos le enseñaron a Caleg varias de las ciudades de Lizandria, y por las tardes, se veía a escondidas con la princesa Amaranta. Ellos estaban perdidamente enamorados. El tiempo pasaba rápido y ellos pensaban que eran el uno para el otro, aunque sabían perfectamente que no podían estar juntos, ya que sus mundos eran distintos. ¡Qué tristeza!

La historia cuenta que Yuna, la bruja del elemento Tierra, tan cercana a la princesa en esa época, fue testigo del gran amor entre Amaranta y Caleg. Un amor del fondo del alma, con sentimientos puros y transparentes, que terminó de la forma más triste.

Nela se dio cuenta del cambio de Amaranta, la siguió y descubrió que se veía a escondidas con Caleg, el humano. Sintió tanto odio, que se fue de inmediato en busca de Ecalec, el mago oscuro de las montañas tenebrosas de Eldemor, para pedirle ayuda. Nela quería separar a la princesa de Caleg, porque ella también estaba enamorada del humano y no soportaba verlos juntos. Se cuenta que Nela sentía rencor y coraje hacia la princesa y quería vengarse de ella. Cuando llegó a ese lugar oscuro y tenebroso, se dio cuenta de que todas las leyendas que había escuchado sobre el mago oscuro eran ciertas.

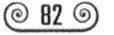

—¿Qué quieres? —dijo Ecalec con autoridad—. ¿Cómo te has atrevido a venir hasta aquí? —gritó con voz tenebrosa y amenazante.

—Dicen que tienes un gran poder —contestó Nela, atemorizada.

—¡Contesta! ¿Qué quieres? —preguntó Ecalec.

—¡Quiero separar a la princesa Amaranta, de Ciudad Alemo, de su novio Caleg, un humano que viene de un mundo llamado Tierra! —contestó Nela.

—¿Un humano de otro mundo? —inquirió Ecalec—. ¿Qué criatura es esa? ¿De qué mundo hablas?

Nela, entonces, le contó sobre el portal mágico y cómo llegó el humano a Lizandria.

—Interesante... —comentó Ecalec, pensativo—. ¡Nela! ¿Estás segura de lo que pides? —preguntó.

—Sí, ¡no quiero verlos juntos! —exclamó Nela con gran odio.

—Todo tiene un precio —aclaró Ecalec—. Tú serás responsable de tus propios actos —agregó, amenazante.

—He viajado desde Ciudad Alemo hasta aquí —replicó Nela, arrogante—. ¿Cómo los puedo separar?

—Puedo ayudarte, pero, a cambio, quiero a la princesa Amaranta. Quiero la luz de su alma, la pureza de su corazón y la inocencia de su espíritu —dijo Ecalec, con alevosía.

—Sí, yo la traeré hasta aquí —afirmó Nela sin tener idea de cómo lo haría.

—Pero escucha con atención: si no consigues traer a la princesa en cinco días, en el amanecer del quinto día te buscaré y me quedaré con tu alma —amenazó Ecalec con poder.

—Está bien —aceptó Nela con miedo.

—Ten este brazalete, se lo tienes que poner a Caleg en la muñeca izquierda; borrará todas las memorias del humano desde el primer día que pisó Lizandria —señaló Ecalec.

—¡Así lo haré! —contestó con énfasis Nela.

—Nela, recuerda muy bien las consecuencias. Si no logras traerme a la princesa Amaranta, tu cuerpo cambiará y tus poderes también. Estarás bajo una maldición, por la cual absorberás la magia de otros y tus manos serán intocables. Verás con tus propios ojos la dureza de tu poder, pero no sentirás nada, estarás vacía, porque ya no tendrás alma —advirtió Ecalec.

—¡Eso no me pasará, Ecalec! ¡Tendrás a la princesa Amaranta en el tiempo acordado! —exclamó Nela.

—Te convertirás en una bruja oscura del mal. Estás advertida. ¡Tú serás la responsable de tus propios actos! —amenazó Ecalec.

—¡Sí, Ecalec, lo entiendo! —respondió Nela con miedo, pero con determinación.

—Ahora, ¡vete de aquí y déjame solo! —ordenó Ecalec.

La leyenda dice que, después de aquel encuentro con Ecalec, Nela regresó al castillo de los reyes de Ciudad

Alemo y fue con los padres de la princesa Amaranta. Nela ya tenía un plan perfecto: les diría la verdad sobre Amaranta y Caleg.

Llegó hasta los jardines, donde se encontraba el rey Etos, y le contó todo, diciéndole hasta del lugar donde se escondían y, de pronto, el rey Etos empezó a gritar con gran ira:

—¡Baltar! ¡Baltar! —gritaba el rey Etos.

—¡Sí, rey! —se apresuró a contestar Baltar.

—¡Quiero que diez soldados vayan y busquen al humano en este preciso momento! —ordenó con furia el rey de Ciudad Alemo.

Nela estaba feliz por dentro. Había revelado el secreto de su amiga. Sigilosamente, se retiró del castillo para seguir con su plan y, apurando el paso, se dirigió al lugar donde se encontraban los enamorados.

Mientras tanto, Amaranta y Caleg se encontraban en un lugar mágico, lleno de árboles y de vida. Había tantas flores por todos lados, blancas, rojas, amarillas... A un costado, pasaba un pequeño arroyo. Ellos lo habían llamado el Jardín Secreto de Dos Mundos. El lugar se encontraba cerca del castillo del rey Etos, pero estaba escondido, antes de llegar a las montañas secretas de Zapeho. Ellos llevaban meses encontrándose en ese lugar, Caleg había construido una pequeña cabaña en medio de enormes árboles, así como un columpio de madera colgado de un árbol, las flores que más se distinguían eran los tulipanes blancos.

—¡Amaranta! ¡Amaranta! —gritó Nela, desde lejos—.

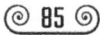

¡Tienes que regresar al castillo, te están buscando por todas partes! ¡El rey se enteró de que te ves con Caleg a escondidas! —exclamó Nela con miedo fingido.

—¡Oh, no! ¿Cómo se habrá enterado? ¿Qué vamos a hacer, Caleg? —preguntó Amaranta, desesperada.

—Amor, ¡no te preocupes! Iremos con tu padre, le pediré tu mano para casarnos y ya no tendremos por qué escondernos. ¡Nuestro amor es fuerte y verdadero, yo te amo y no quiero separarme de ti! —dijo Caleg con amor.

—¡Yo también te amo! —contestó Amaranta con ternura e ingenuidad.

Después de pronunciar esas palabras, se dieron un largo beso, lleno de amor y esperanza; un beso con tanta pasión que ninguno de los dos se dio cuenta de que los ojos de Nela destellaban odio, un odio profundo, de verlos más unidos que nunca. Sintió ganas de llorar, pero se contuvo.

—¡No! ¡No los dejarán! Primero ve tú, Amaranta, a calmar a tu padre. ¡El rey está muy enojado y no sabemos qué hará con Caleg! Si quieres me quedo aquí con él, mientras tú le explicas todo a tu padre —agregó Nela con astucia y manipulación.

—¡No estoy de acuerdo, debemos afrontar la situación los dos, Amaranta! —dijo Caleg con valentía.

—¡Nela tiene razón! Tengo que tranquilizar a mi padre, tú no lo conoces enojado. Espera aquí con Nela y volveré en cuanto lo tranquilice —agregó Amaranta con esperanza.

—Ve con cuidado, yo me quedo aquí con él —dijo Nela triunfante.

—Muchas gracias, Nela, por todo lo que estás haciendo por nosotros —exclamó Amaranta agradecida.

Amaranta se acercó a Caleg, tomó su cara con ternura y le dio un beso en la frente con todo su amor. Dio la vuelta y se fue a toda prisa. Ninguno de los dos sabía que ese día sería la última vez que se verían. La princesa corrió y corrió, sin voltear atrás, con muchos sentimientos encontrados. Iba asustada, conmocionada. Caleg le había cambiado la vida por completo y ese día ya no tenía miedo de esconder su amor por él. Ella quería casarse con él, sin importar que fuera de otro mundo. Amaranta solo sabía que lo amaba con todo su ser y estaba dispuesta a luchar por ese amor por sobre todas las cosas, incluyendo a su padre. Pero ni Amaranta ni Caleg imaginaban la gran traición de Nela.

La princesa iba corriendo cuando, de pronto, se encontró a un soldado sehu. Este, al verla, se detuvo inmediatamente.

—¡Princesa! ¡Princesa! Su padre la está buscando por todas partes —informó el soldado con asombro.

—¡Voy para el castillo! —exclamó Amaranta.

Mientras, en el Jardín Secreto de los Dos Mundos, Caleg y Nela discutían, porque Caleg quería alcanzar a la princesa Amaranta y Nela no lo dejaba. Caleg estaba tan desesperado que Nela ya no sabía qué hacer para detenerlo...

—Está bien. Caleg, déjame ponerte este brazalete; te ayudará y te cuidará —explicó Nela—. No me sentiría bien si algo te pasara.

—De acuerdo, Nela. Y gracias por ayudarnos —contestó Caleg con gratitud.

Nela sacó de su bolsillo un brazalete dorado con un dragón que escondía una piedra color azul agua. Cuando Caleg se puso el brazalete, salió una luz resplandeciente. Y, después de unos minutos, se veía aturdido y muy sorprendido.

—¿Quién eres tú? —preguntó Caleg, confundido.

—¿No recuerdas nada, Caleg? ¡Soy yo, Nela! —cuestionó.

—No sé de qué me hablas. ¡No te conozco! —contestó Caleg—. ¿Dónde estoy? —interrogó, desesperado.

De pronto, llegaron soldados, los Cuatro Elementos: Yuna, Yala, Gasba, Nie y el rey Etos, que se acercó a él con gran furia.

—¿Quiénes son ustedes? —preguntó sumamente asustado—. ¡No los conozco! ¿Qué está pasando? ¡No sé dónde estoy o qué estoy haciendo aquí! —agregó Caleg, terriblemente aturdido, agarrándose la cabeza.

—¡No lo niegues! ¡Te has burlado de nosotros! Te di mi confianza, te abrí las puertas de Ciudad Alemo, te confié a mi hija, ¿y así es como me traicionas? —acusó el rey Etos—. ¿Enamorando a mi única hija? —agregó el rey.

—Señor, ¡no sé de qué me está hablando! —contestó Caleg totalmente confundido.

—Rey Etos, si me permite hablar —interrumpió Nela—, Caleg está diciendo la verdad, ¡no sabe nada, algo le pasó! —agregó con cautela.

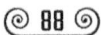

Yuna, la bruja del elemento Tierra, notó que Caleg portaba el brazalete del dragón protegiendo la piedra azul agua, un brazalete embrujado. Yuna sabía que el único que podía crear ese tipo de brazaletes era Ecalec, el mago oscuro, pero no dijo nada. Quería estar totalmente segura de sus sospechas. Nela no pudo hacer nada y se llevaron a Caleg al castillo de Ciudad Alemo. Al llegar los soldados, lo metieron en una celda oscura, mientras que la princesa Amaranta fue encerrada en una alcoba, aislada de todos.

Por otro lado, Nela trataba de pensar en algo para poder entregar a la princesa Amaranta al mago oscuro. Estaba muy preocupada. Solo le restaban tres días más. Aquella noche fría, lluviosa, no había luna ni estrellas; el cielo era de un color oscuro profundo. En su alcoba, Amaranta no paraba de llorar; quería ver a su amado. Estaba ciega de amor y, además, ya había notado algo: su interior estaba dando señales de vida. ¡Un nuevo ser crecía dentro de ella! Lo sospechaba, pero, justo en ese momento, un latido tenue en su vientre se lo confirmó y su rostro se llenó de alegría. Ya no se sintió tan sola en aquel lugar.

Había pasado un día más y Nela no podía hacer nada. Había cuatro soldados custodiando la puerta, enorme e imponente, donde se encontraba la princesa. El rey Etos había dado la orden de que nadie podía entrar a la habitación de su hija y Nela se estaba desesperando, porque su plan no había salido nada bien y no podría cumplir con su promesa. El tiempo se estaba agotando.

Por otro lado, en una de las celdas del castillo se encontraba Caleg, asustado y muy angustiado. No entendía nada de lo que estaba pasando. Para él, todo era como una pesadilla demasiado real. Se vio el brazalete en el brazo izquierdo e intentó quitárselo, pero no pudo. Yuna, la bruja del elemento Tierra, fue ante el rey Etos y pidió ver a Caleg. El rey no quería, hasta que la bruja lo convenció de darle la oportunidad a Caleg para defenderse. Los soldados llevaron a Yuna hacia la celda del humano.

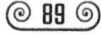

—Caleg, hola. Vengo a platicar contigo y tratar de ayudarte. Pero algo me llama mucho la atención: ¿quién te dio ese brazalete? —preguntó Yuna con curiosidad.

—No recuerdo. ¡No recuerdo nada! —contestó Caleg, desesperado—. ¿Quién es usted? —cuestionó.

—No te alteres, mi querido amigo. Trataré de ayudarte en lo que más pueda. Todo te acusa, pero mi corazón sabe que eres inocente —respondió Yuna con paciencia—. El que nada debe, nada teme; no lo olvides —agregó con tranquilidad.

Yuna, después de salir de la celda de Caleg, pidió ver a la princesa Amaranta, pero el rey Etos se negó rotundamente; ya había dado órdenes de que nadie la viera. Yuna alegó que necesitaba hablar con Amaranta. Después de unas horas, el rey accedió ante la petición de la bruja del elemento Tierra. Yuna tenía una ligera sospecha, ya que Nela había sido la única que estaba con Caleg y, además, actuaba de forma por demás extraña.

Llegó el quinto día y Nela no logró llevar a la princesa con Ecalec. Estaba aterrada, ya que no sabía qué pasaría. Estaba profundamente arrepentida por lo que había hecho. Se quedó en el castillo con sus padres y no quiso salir de su recámara, pues tenía mucho miedo. En el otro lado del lago Turipi, en el castillo del rey Etos, Yuna, que ya había conseguido el permiso para ver a la princesa, subió por unas escaleras en forma de caracol hasta llegar a lo más alto del castillo, una alcoba aislada muy bien custodiada.

—¿Cómo estás, mi pequeña princesa? —preguntó Yuna entrando con sigilo.

—¡Yuna! ¡Qué bueno que vienes! Tengo algo muy importante que decirte. Hace dos días confirmé que estoy esperando un hijo de Caleg, ¡un hijo, fruto de nuestro amor! Tengo que darle la noticia, Yuna —exclamó la princesa, vehementemente.

—¡Ay, mi querida princesa! Ha pasado algo terrible... Caleg perdió la memoria, no recuerda cómo llegó a Lizandria. No te reconocería, no recuerda nada de lo que ha vivido en nuestro mundo —dijo con tristeza—. ¿Tú sabes qué le pudo haber pasado? ¿Cómo fue que perdió la memoria? —agregó Yuna, abrazando a la princesa.

Entre lágrimas, Amaranta le dijo que Caleg estaba bien cuando lo dejó con Nela y agregó que ellos la iban a esperar en el jardín secreto, mientras que ella lograba hablar con su padre.

En ese momento, Amaranta empezó a llorar desconsolada al imaginar que Caleg no la reconocería. Era como si ella nunca hubiera existido para él y eso le dolía en lo más hondo de su alma. Amaranta no podía parar de llorar y aguantaba la respiración para no gritar.

—¡No llores, mi pequeña princesa! Haré todo lo posible para curar a Caleg; no te prometo que lo logre, pero lo intentaré. Veo en tus ojos cuánto lo amas. Por favor, no digas nada del embarazo y quédate tranquila —dijo Yuna—. En ocasiones, la vida, por dura o fácil que sea, siempre dará sorpresas, alegrías y tristezas y debemos sacar la fuerza para seguir adelante —agregó con sabiduría.

—Yuna, ¡no puedo parar de llorar, siento que mi alma se destroza poco a poco sin que yo pueda hacer nada y tengo tanto miedo! —exclamó la princesa entre lágrimas—. ¡No puedo creer que esto esté pasando! —musitó Amaranta con angustia.

—Créeme, Amaranta, ¡voy a investigar qué fue lo que pasó, en algún lado está la respuesta y la verdad se revelará! —contestó Yuna con convicción.

—Gracias, Yuna, no te imaginas cuánto bien me hace el escucharte —dijo la princesa Amaranta.

Yuna se retiró, ahora sí convencida de que la culpable de todo esto era Nela y le preocupaba lo que había hecho para conseguir ese brazalete. Ecalec siempre pedía algo a cambio, era muy malo. Yuna, en ese momento, se dirigió hacia el castillo de Baltar, pasando un hermoso y cristalino lago, para hablar con los padres de Nela; Baltar, el padre de Nela, era el encargado de la seguridad de Ciudad Alemo. Él se hacía cargo de las tropas de soldados. Nela se encontraba en su recámara. No quería salir por el miedo que sentía y, de repente, escuchó una voz en su cabeza: «¡Es hora! ¡No cumpliste tu promesa! Tu alma será mía», le susurró Ecalec.

—¡No! ¡Por favor! ¡Dame más días y te llevaré a la princesa Amaranta! —respondió Nela, aterrada.

—¡No! ¡Tu tiempo ha terminado! —reafirmó la voz de Ecalec.

En la gran y decorada alcoba se encontraba Nela y, de pronto, empezó a gritar: eran unos gritos de dolor terribles, como si le estuvieran arrancando algo del cuerpo. Pero, en realidad, era su alma lo que se estaba desprendiendo de ella y salió volando por la ventana. Se empezaron a escuchar gritos desgarradores por todo el castillo.

—¡No! ¡Noooo! —gritó Nela, con dolor infinito e indescriptible. Su cuerpo empezó a transformarse y, de aquella hermosa joven, solo quedó una señora horriblemente fea;

sus ojos eran grandes, no tenía dientes, sus orejas eran largas y tenía poco cabello.

Al verse las manos y mirarse en el espejo, gritó con desesperación, en ese momento, entró un sirviente a su cuarto y la vio postrada en el piso, llorando con un gran sufrimiento. De espaldas, arrodillada, no se le veía la cara.

—¿Qué tiene, señorita Nela? —preguntó el sirviente con asombro.

En eso, se levantó Nela, el sirviente quedó horrorizado al verla y quedó paralizado.

—¿No ves en lo que me he convertido, estúpido? —gritó Nela.

—¿Quién es usted? ¿Qué le ha hecho a la señorita Nela? —preguntó el sirviente, horrorizado—. ¡Llamaré a los padres de la señorita! —exclamó acercándose a la puerta para huir.

—¡Nooo! ¡No les digas nada! —ordenó ella—. ¡Yo soy Nela! —agregó con dolor.

El sirviente se acercó y la quiso ayudar a levantarse y, al tocarla, el hombre quedó paralizado. Se había convertido en una estatua de piedra. Nela no entendía qué estaba pasando, cuando llegó Yuna, la bruja del elemento Tierra.

—¡Oh, no! ¡He llegado tarde, Ecalec te quitó el alma! —dijo Yuna con una gran pena.

—¡Déjenme en paz! —gritó Nela—. ¡Vete! —ordenó con rabia.

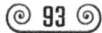

—¡Mira! ¡Mira lo que le has hecho a este pobre sehu! ¡Mira ese espejo! —exclamó Yuna, volteando el espejo hacia ella—. ¡Ahora, esa eres tú! Tu envidia, tu necedad y tu deseo de lastimar a la princesa Amaranta te llevaron a esto. Ya no podré ayudarte y ahora tienes que aceptar las consecuencias de tus acciones —agregó con tristeza.

—¡Vete! No quiero hacerte daño —dijo Nela con desesperación.

—No creo que seas capaz de herirme. Tanto a ti como a la princesa Amaranta las conozco desde que eran niñas —le recordó Yuna—. Ven conmigo, Nela, ¡buscaremos la forma de ayudarte!

—No me tienes miedo, Yuna. ¡Pues deberías! Ni yo misma sé de qué más puedo ser capaz —amenazó Nela.

La bruja Yuna, del elemento Tierra, quiso detenerla, pero, al tocarla, Nela empezó a absorber su magia y la dejó débil, tirada en medio de la habitación. Nela salió corriendo y se alejó del castillo. Descubrió que, al tocar con sus manos a otros, absorbía sus poderes mágicos. En eso, llegaron los padres de Nela y se acercaron a Yuna; la ayudaron a levantarse y la sentaron en un sillón cercano.

—¿Qué pasó, Yuna? —preguntó, preocupado, Baltar, el padre de Nela.

—Algo muy malo, ¡algo que nunca imaginé posible en una criatura de Lizandria! Se trata de Nela, que en estos momentos, o quizá ya tenía tiempo así, reprimía emociones negativas. Está muy mal —contestó Yuna, con lágrimas en los ojos.

—¿Qué tiene mi hija? —preguntó Baltar, angustiado.

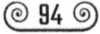

—Lamento mucho decirlo, Baltar. Nela llevaba tiempo escondiendo emociones de odio, resentimiento, dolor e impotencia en contra de Amaranta y le dio su alma a Ecalec para hacerle daño a ella —contestó Yuna.

—¿Qué estás diciendo? —preguntó Zatara, la madre de Nela, con un gran dolor.

—Tú, Zatara, debiste darte cuenta. ¡Eres su madre! Nela hizo un pacto con Ecalec y lo ha pagado con su alma —contestó Yuna.

Los padres de Nela se abrazaron llorando y se quedaron sumamente consternados. No sabían qué hacer o dónde buscar a Nela, para tratar de ayudarla. Yuna regresó al castillo de los reyes de Ciudad Alemo, fue directo con Etos y le explicó lo que pasó con Caleg. Yuna supuso que el brazalete le había hecho perder la memoria y, por eso, él no reconocía nada. El rey Etos, entonces, mandó llamar a todos los elementos.

—¿Cómo está Zatara? —preguntó Cetina, madre de Amaranta.

—Mal. Baltar y Zatara quedaron deshechos por su hija —respondió Yuna.

—¡Ver el sufrimiento de un hijo es aterrador! —exclamó Cetina con tristeza.

Lizandria contaba con el gran soporte de los Cuatro Elementos, conformado por dos brujas blancas y dos magos blancos: Yuna, del elemento Tierra; Yala, del elemento Agua; Gasba, del elemento Fuego y Nie, del elemento Aire. Cada uno de ellos podía reunir a los otros, si así lo requerían.

Yuna salió del castillo del rey Etos y, conforme caminaba hacia el bosque Zalera, se convirtió en una leona y corrió lo más rápido que pudo, perdiéndose entre los árboles, hasta que llegó a una cabaña escondida en lo profundo del bosque. Los codikas no tenían miedo de ver a la leona, ya que sabían que era Yuna. Al llegar cerca de la cabaña, se convirtió otra vez en la bruja, caminó y entró rápidamente a buscar un libro, hasta que lo encontró. Lo abrió en la página que necesitaba y empezó a leerlo. Estaba escrito en un lenguaje antiguo; el lenguaje ancestral de los elementos, el lenguaje aitigauf.

Yuna leyó, en voz alta, la invocación en el lenguaje original:

«La devgageva taguvaleza yotgiete taguvaleza. Et la ruseya ge yaga eleretgo giete rru fvofio rriryolo, el ge rru taguvaleza, fogvarr jaravlorr fotietgo el eleretgo rroyre el rriryolo e itdoyavarr et el letnuase ge lorr eleretgorr. "Zaleratuna netienoc Zaleratuna rrauagorre", rri everr el eleretgo gievva gora ut fuso ge gievva q fotgelo et gu ruseya, rroyve el rriryolo eleretgal e itdoya gorr deyerr el letnuase ge lorr eleretgorr el Aitigauf».

Más abajo, en la misma página, venía la traducción al lenguaje universal de Lizandria:

«La verdadera naturaleza, contiene naturaleza. En la muñeca de cada elemento tiene su propio símbolo el de su naturaleza. Podrás llamarlos poniendo el elemento sobre el símbolo e invocarás en el lenguaje de los elementos "Zaleratuna netienoc Zaleratuna rrauagorre". Si eres el elemento Tierra, toma un puñado de tierra y póntelo en tu muñeca, sobre el símbolo elemental e invoca dos veces el lenguaje de los elementos, el aitigauf».

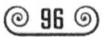

Yuna salió de la cabaña, tomó un puño de tierra y se lo puso en la muñeca de la mano izquierda, sobre el símbolo de la tierra y pronunció el conjuro en el lenguaje aitigauf dos veces:

«Zaleratuna netienoc Zaleratuna rrauagorre»

«Zaleratuna netienoc Zaleratuna rrauagorre»

De pronto, el símbolo en su muñeca empezó a brillar. Nie, el mago del elemento Aire, se encontraba en el sur y, convirtiéndose en un águila negra, se dirigió hacia el bosque Zalera. Yala, la bruja del elemento Agua, se encontraba en mar abierto, del lado este de Lizandria y, de tener la forma de una gigante tortuga, se transformó en un delfín y se dirigió hacia el bosque, donde tomó su forma original y corrió a la reunión. Gasba, el mago del elemento Fuego, se encontraba en el desierto Purinova y, de una salamandra, se convirtió en una bola de fuego, dirigiéndose al bosque Zalera.

Los Cuatro Elementos de Lizandria y los símbolos que llevaban en su muñeca eran los siguientes:

Yuna, la bruja del elemento Tierra

Yala, la bruja del elemento Agua

Gasba, el mago del elemento Fuego

Niel, el mago del elemento Aire

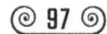

Cada uno de los Elementos tenía su propio símbolo en la muñeca de la mano izquierda. El cuadro significaba la unión de los Cuatro Elementos, y dentro tenía el símbolo nato de la naturaleza de cada elemento.

En cuanto llegaron los elementos, ya en sus formas normales, los codikas se preguntaban qué estaría pasando, al ver reunidos a todos.

Yuna los llevó a un lugar donde había árboles que formaban un círculo y, en el centro, había una mesa cuadrada hecha de madera. Yuna traía un vestido largo, sutil, sencillo, de color verde y un delicado sombrero hecho con hojas. Yala traía un vestido azul y una pequeña diadema hecha de perlas y conchas del mar. Nie traía una bata larga, elegante, color crema casi blanca y Gasba traía un vestido dorado resplandeciente y un sombrero largo, en forma triangular, con pequeños símbolos de los elementos.

—Los he reunido porque el rey Etos nos ha mandado llamar —dijo Yuna, solemnemente.

—Supongo que es importante. Dejamos al humano a su cuidado y nos retiramos, hasta hoy —señaló Yala—. ¡Has usado el conjuro del libro! ¡Nuestro lenguaje ancestral! ¿Qué ha pasado, Yuna?

—Es algo muy importante —contestó Yuna—. Todos recuerdan cómo reunirnos, ¿verdad? Porque yo lo había olvidado —preguntó con curiosidad.

—No —contestaron todos, viéndose con desconcierto.

—Mis queridos elementos, percibo que vienen momentos difíciles para Lizandria y espero que el impacto del error cometido por una criatura no se agrande como el grano de arena que se deja caer en una montaña de nieve —respondió Yuna.

—¿A qué te refieres, Yuna? —cuestionó Nie.

—Primero deben saber, recordar y memorizar este conjuro —solicitó Yuna, mostrando el libro ancestral.

—Nie, tú darás un soplo de aire sobre la muñeca. Yala, tú pondrás una gota de agua en tu símbolo y tú, Gasba, pondrás una chispa de fuego e invocarán dos veces este conjuro... «*Zaleratuna netienoc Zaleratura rrauagore*» y todos sabrán en qué momento uno de nosotros necesita ayuda e iremos hasta ese lugar desde donde hemos sido invocados. A partir de hoy, quizá lo hagamos continuamente. Ha pasado algo muy malo —explicó Yuna.

—Yuna, ¡me estás asustando! —dijo Yala—. ¿Qué pasó?

—Nela, la hija de Baltar y Zatara, de las criaturas sehu, hizo un pacto con Ecalec y, al no cumplir, este le quitó el alma —relató Yuna—. Además, absorbió un poco de mis poderes.

—¡Lo cual significa que puede absorber poderes mágicos de otras criaturas mágicas! —exclamó Yala—. Si lo pudo hacer contigo, Yuna, que eres un elemento, puede hacerlo con otras criaturas.

—Me temo que así es, Yala —contestó Yuna, apesadumbrada.

—¿Cómo? ¿Con el mago oscuro de las montañas oscuras de Eldemor? —preguntó Nie.

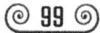

—Sí, así fue —contestó Yuna.

—¡Qué tonta! —exclamó Yala—. ¡Qué error tan grande ha cometido!

—¿Para qué nos quiere el rey Etos? —preguntó Gasba, intrigado.

—Para regresar al humano a la Tierra. Caleg no recuerda nada, no sabe nada sobre Lizandria. Regresará a la Tierra sin memoria, y, para él, será como si esto nunca hubiera existido. Nela le puso un brazalete y borró toda su memoria y el rey Etos no quiere que le pase nada más —contestó Yuna.

—Todo esto me da muy mala espina. ¿Por qué la ayudó el mago oscuro? Siempre andaba en las sombras y no hacía nada, nunca se metió con nadie en Lizandria —agregó el mago Nie, preocupado.

—No lo sé. Lo que ahora me preocupa es Nela y todo lo que puede hacer ahora con ese poder y sin alma —agregó Yuna, preocupada.

Los Cuatro Elementos se dirigieron hacia el castillo del rey Etos, en Ciudad Alemo. Los cuatro iban a caballo, que eran de color blanco y negro. Llegaron al castillo y se presentaron ante el rey Etos de inmediato.

—Supongo que Yuna les ha contado sobre el humano. Dadas las circunstancias, tendremos que regresar a Caleg a su mundo, a donde pertenece y de donde no debió haber salido nunca —exclamó el rey Etos con autoridad.

—Está bien, rey Etos. En nombre de todos los elementos, lo llevaremos a Ciudad Tizara, donde se encuentra el portal mágico —contestó el mago Gasba.

—He enviado a un sehu a Ciudad Tizara para que dé aviso al rey Zamo de que ustedes van hacia allá protegiendo al humano —dijo el rey Etos.

—¿Y qué pasará con la princesa Amaranta? —inquirió la bruja Yuna con curiosidad.

—Amaranta se quedará castigada por un tiempo. Lo que hizo no estuvo nada bien. Debió usar su intuición más certeramente e imaginar cómo terminaría todo esto —respondió el rey Etos muy molesto.

—Pero... ¡es demasiado castigo! —protestó Cetina, la madre de Amaranta—. Ella lo único que hizo fue enamorarse —agregó, llorando.

—¡Está decidido y punto! No quiero hablar más de ese tema, Cetina —espetó el rey, enojado.

La bruja Yuna, elemento Tierra, solo observó y pensó, en ese preciso momento, en que pronto se empezaría a notar el embarazo y todo empeoraría. «Tengo que buscar cómo ayudarla. No debe haber castigo para el que ama con el alma y el corazón, aunque el rey no lo entienda así. Cada criatura en Lizandria está regida por sus propios códigos: honestidad, lealtad, comprensión, juicio... Pero yo soy independiente, tengo mis propios ideales ¡y voy a ayudarla!», concluyó Yuna, decidida.

—¿Qué pasa, Yuna? —preguntó Gasba con curiosidad.

—Me quedé pensando en la princesa Amaranta —contestó Yuna.

—No te preocupes, ella es más fuerte de lo que parece —aseguró Yala.

—Les doy las gracias por haber venido y sé que llevarán sano y completo al humano a Ciudad Tizara —el rey Etos les habló con resignación.

Los Cuatro Elementos movieron la cabeza, asintiendo. Los soldados sehu entregaron a Caleg al mago Gasba, del elemento Fuego. Caleg iba esposado y confundido. Solo miraba a todos con asombro. Yuna, la bruja del elemento Tierra, se acercó y, con su vara mágica, le quitó las cadenas de los pies y de las manos e iniciaron el viaje hacia el sur.

—Muchas gracias —dijo Caleg, agradecido.

—De nada, muchacho; apurémonos, porque este viaje será largo —contestó Yuna.

—¿Quiénes son los yaramín? —cuestionó Caleg.

—¿De verdad no recuerdas nada? —inquirió Nie con tristeza—. Todo lo que te enseñamos los meses pasados, la vida en Lizandria, las criaturas que viven aquí, ¿nada de eso recuerdas?

—No, señor, nada —respondió Caleg con pesadumbre—. Solo recuerdo que estaba desayunando en mi casa... De lo demás, no entiendo nada —agregó.

—¿Qué hizo contigo ese brazalete? —preguntó Yala con dolor.

—¿Este? —contestó Caleg, mostrando su mano izquierda.

—Déjenlo por ahora, lo confundiremos aún más con nuestras preguntas —dijo Gasba.

Para llegar a Ciudad Tizara tenían que ir hacia el sur, pasar por los peñascos profundos de Tymor, que colindan con Ciudad Tisimor, y por el bosque Avillú. Ese día, apenas se asomaron los rayos del sol. Salieron montados en sus caballos de Ciudad Alemo. Caía una lluvia de hojas sobre ellos, el eco del viento les susurraba con tristeza en el camino. Caleg observaba todo con gran estupor; los árboles cada vez eran más altos de lo normal.

—¿En dónde estamos? —preguntó Caleg.

—Ya te habíamos mostrado tantos lugares de Lizandria. ¡Llevabas tantos meses con nosotros! Nos diste mucha información sobre la Tierra, así como nosotros te dimos información de nuestro mundo. ¿No recuerdas nada en absoluto? —preguntó Nie con tristeza.

—No y, de verdad, me siento terriblemente frustrado —contestó Caleg, abatido.

Gasba y Nie se miraron entre ellos, compadeciendo al pobre Caleg. De repente, se encontraron de frente a Tolipo, un gigante con un solo ojo que vivía en bosque Geata, que, posiblemente, estaba perdido. Los Cuatro Elementos y Caleg estaban petrificados. Tolipo se puso enfrente de ellos, dando un gran gruñido, en posición de ataque. Los caballos se asustaron y se levantaron en las patas traseras, tirando a todos al suelo, y huyeron en dirección a Ciudad Alemo. Gasba se levantó rápido y, moviendo su varita mágica, dijo: *Tuna netie gorolene* y lanzó una bola de fuego directa al ojo de Tolipo. El gigante se tambaleó por unos segundos y fue a caer sobre un arroyo, pero se levantó rápidamente, enfurecido. En ese momento, Yuna empezó a levantar la tierra del suelo y dijo *Tuna netie rrarolene*. Nie, con su propia varita mágica, agregó viento, diciendo: *Tuna netie rerolene* y, por último,

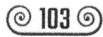

Yala levantó agua del arroyo, agregándola al viento y a la tierra, diciendo *Tuna netie aulete*. Entre los Cuatro Elementos hicieron un gran remolino y, al lanzar Gasba otra bola de fuego, Tolipo se quedó atrapado en medio y se alejó de ellos. Caleg, protegido detrás de un gran árbol, lo observó todo, atónito.

—Nos hemos quedado sin caballos —exclamó Yuna, apesadumbrada.

—Seguiremos a pie —contestó Gasba.

Siguieron a pie, cruzando una parte del bosque Zalera. Caleg estaba cansado, habían caminado horas sin descanso; cruzaron los peñascos profundos de Tymor. Ya no se encontraron con ningún imprevisto. Yala, con su vara mágica, llenaba constantemente las cantimploras para que todos bebieran agua.

—Pasaremos la noche aquí —dijo Yuna—. Caleg tiene que descansar, los demás estaremos alerta.

Entre todos, a excepción de Yala, hicieron una gran fogata. La noche era fría y oscura, ninguna estrella destellaba y la luna apenas se vislumbraba. Caleg quedó completamente dormido en el suelo, cerca de la fogata. Al día siguiente, todos estaban listos menos Caleg. Yuna fue a levantarlo y partieron de ahí. Avanzaron y, cuando estaban cruzando las montañas de Zachen, bellas e impactantes, percibieron algo mágico en el aire: la naturaleza viva. Todo el día caminaron entre las montañas y, a lo lejos, se distinguía ya Ciudad Tizara. Cuando estaban a punto de llegar, apareció Kashe, el Lobo del oeste, un lobo enorme, color negro. Sus colmillos grandes y ojos rojizos asustaron a los Elementos y, con una gran fuerza, se lanzó hacia Yuna y Yala, mientras Gasba y Nie trataban de proteger a Caleg. El humano no sabía qué hacer.

—¡Aléjense, no queremos a humanos en Lizandria! —les dijo Kashe con coraje.

—¡No permitiremos que le hagas daño! —contestó Yuna.

—Es la última vez que lo repito —amenazó Kashe, el gran Lobo, abalanzándose contra ellos.

Los Cuatro Elementos unieron sus poderes para poder derrotar al lobo. Después de una gran pelea, lo ahuyentaron, pero logró herir a Caleg en el brazo.

—¿Estás bien, Caleg? —preguntó Yuna, acercándose a ver la herida.

—Sí, solo me rasguñó el brazo —contestó Caleg con un leve gesto de dolor.

—Dame tu brazo, muchacho, para curarlo —le pidió Yala, la bruja del elemento Agua.

—¿Por qué me protegen tanto? —cuestionó Caleg, sumamente intrigado.

—Vienes de otro mundo. Quisiste hacer una buena acción, hablándonos de él. Pero alguien de aquí cometió un grave error y resultaste dañado, junto a alguien más —explicó Yuna—. Tú no recuerdas nada, fuiste víctima de un poderoso hechizo. Quisieron hacerle daño a la princesa Amaranta y te usaron como un medio. Nosotros somos parte de una alianza y no le hacemos daño a nadie. Tratamos de ayudar a otros y creemos, junto al rey Etos, que lo correcto es regresarte al mundo del que viniste, porque, al final, tú no tienes la culpa. Pero sí estás en peligro —sentenció.

—Ya casi llegamos a nuestro destino —interrumpió Nie, el mago del elemento Aire.

—¿A dónde vamos? —preguntó Caleg.

—Nos dirigimos a Ciudad Tizara. Ahí está el portal mágico que te llevará a tu mundo, Caleg —respondió Gasba, el mago del elemento Fuego.

—¿Es verdad eso, Yuna? —inquirió Caleg con alivio.

—Así es, muchacho. El Creador de todo te ha dado una oportunidad. No la desperdicies. Lograrás irte a tu mundo, sano y salvo —contestó Yuna.

—¡Muchas gracias! —exclamó Caleg.

Por fin, llegaron a Ciudad Tizara. Caleg no dejaba de admirar la belleza de Tizara; su arquitectura era algo inexplicable. Caleg había estudiado política en su mundo, ya que él pensaba que la política es una forma ideológica que centra el poder en un grupo de personas que lideran y velan por las garantías de una población.

Todas las construcciones que veía estaban muy bien planeadas. En eso, se acercó Zamo, el rey de los yaramín, y le dio la bienvenida.

Los Elementos le contaron todo lo sucedido en Ciudad Alemo respecto a la princesa Amaranta, Nela y Caleg. El rey Zamo solo movió la cabeza con tristeza. Hunako se llevó a Caleg para que descansara. Mientras, el rey se quedó con los Cuatro Elementos para planear el regreso del humano a su mundo, el mundo llamado Tierra.

—¿Qué es lo que recuerda Caleg? —preguntó el rey Zamo.

—Nada... Solo lo que hemos vivido después de que Nela le puso el brazalete —contestó Gasba.

—Está bien —dijo el rey Zamo, pensando—. Mañana será regresado a través del portal mágico —agregó.

Cada uno se retiró a descansar, pero Yuna, la bruja del elemento Tierra, se puso a elaborar tres amuletos, casi iguales, con la piedra de Sarudien. Al terminar los amuletos, los tres llevaban una grabación en la parte de atrás: «A y C». En la parte de enfrente tenían un diseño con cuatro piedras preciosas: diamante, rubí, esmeralda y zafiro. Dos de los amuletos eran exactamente iguales, pero el tercer amuleto contenía una quinta piedra: amatista, y sería para el bebé. Al terminar Yuna con los amuletos, se dirigió al cuarto de Caleg. Todos los demás estaban dormidos.

—¡Caleg! ¡Caleg! ¡Despierta! —exclamó Yuna.

—¿Qué pasa? —preguntó Caleg, adormilado.

—Ten este amuleto, póntelo y no te lo quites nunca —dijo Yuna—. Algún día te guiará nuevamente a la princesa Amaranta y a lo que dejas en Lizandria —contestó Yuna.

—¿Quién es la princesa Amaranta? —preguntó Caleg con curiosidad.

—Por ahora, no te sientas consternado. Este brazalete en tu muñeca hace que no recuerdes nada —explicó Yuna—. Pero seguiré investigando hasta llegar a la verdad. Si fallo, es porque en el camino la verdad fue revelada. Si ustedes no se vuelven a encontrar nunca, es porque tu destino es regresar a tu mundo y estar en paz allá, ser feliz y hacer el bien. Y el destino de Amaranta es seguir luchando por su mundo, por sus ideales. Lo siento, muchacho, yo haré lo posible. Que el Creador de los cielos nos ayude a todos en paz, en amor y esperanza —agregó Yuna con tristeza.

Yuna puso su vara mágica sobre la mano izquierda de Caleg, donde tenía el brazalete del dragón e hizo un conjuro:

—*Adi nugla, ut rotufo e dosapa et rarabeli* —recitó Yuna—. *Adi nugla, ut rotufo e dosapa et rarabeli* —volvió a recitar.

—¿Qué dices, Yuna? —preguntó Caleg.

—Algún día, Caleg, en el futuro, quizá te encuentres con tu pasado. Al entrar en contacto con este pasado, regresarán a ti de golpe todos los recuerdos, todas las memorias perdidas, los bellos momentos y la sabiduría aprendida. Te harás tantas preguntas para las que no tendrás respuesta y la verdad por sí misma se revelará. Cuando llegue ese día, estarás libre del brazalete del dragón, que esconde la piedra azul agua—dijo Yuna.

—No le entiendo, Yuna —dijo Caleg.

—Algún día entenderás, porque todas las respuestas están dentro de ti, Caleg —contestó Yuna—. Descansa, hijo, mañana será el día en el que regresarás a tu mundo.

Caleg regresó a dormir aquella noche de luna llena. Sintió que, por fin, ese sueño-pesadilla terminaría. En ocasiones, él sentía que todo era una pesadilla y, aunque en el fondo de su alma tenía un dolor profundo, sentía un amor inmenso en su corazón. Era una frustración inexplicable, como si dejara algo que no quería dejar, pero no sabía por qué sentía todo eso. Y siguió pensando, hasta que se quedó dormido.

Yuna regresó a su alcoba y guardó los otros dos amuletos; entre ellos, el de las cinco piedras. Yuna estaba triste, no sabía por qué tenían que separarse de esa forma. La bruja, que había sido testigo de tantas cosas por centenas de años en Lizandria, pensó: «Eso que ellos tienen es real, un amor único, algo honesto y sincero. Eso es el amor verdadero. Terminar de esa forma, separados por una traición, por la mentira, por una mente malvada, ¡no es justo!». Yuna hizo los tres amuletos para tratar de unirlos en un futuro. Esa era la forma en que podía ayudar a la ingenua princesa Amaranta Diterfisús.

Caleg, el humano, regresaría a su mundo, sano y salvo, donde podría tener una vida en paz. Lo llevaron por unas escalinatas a lo más alto de la montaña principal y, al llegar, vieron un enorme árbol que tenía una puerta. Cualquiera de los Cuatro Elementos o un sehu de la dinastía de reyes de Ciudad Alemo podía abrir el portal. Yuna se acercó y, con su vara mágica, envió un pequeño rayo, mientras exclamaba: *PORMA DESA EMBA EMA...* Salieron grandes destellos de luz, de brillantes colores y el portal se abrió; Caleg entró por aquel portal y desapareció, como si no hubiese existido nunca.

—¿Cómo está la princesa Amaranta? —preguntó el rey Zamo, una vez pasado el silencio inicial.

—La tienen encerrada en la última alcoba, en una de las torres del castillo —contestó Nie.

—Tengo que regresar a Ciudad Alemo, ¡la princesa me necesita en estos momentos! —exclamó Yuna—. Mañana partiré y avisaré al rey Etos de que Caleg ha sido enviado a la Tierra.

—Yo también me retiro. Nuestra misión ha terminado

—dijo Gasba, el mago del elemento Fuego.

—Así es —agregó Nie, el mago del elemento Aire.

—Cualquier situación que se nos presente, ya sabemos qué hacer —dijo Yala, la bruja del elemento Agua.

Mientras tanto, cerca del castillo de Baltar, estaba escondida Nela, en una de las tumbas del cementerio ancestral de Moridú. No había salido de ahí por varios días. No quería verse a sí misma en un espejo; había quedado horrible tras la transformación que sufrió. No sabía qué hacer y, de pronto, por el coraje, empezó a romperlo todo dentro del mausoleo. Lloraba de rabia por no poder hacer nada, se sentía destruida, pero, al romper las cosas, descubrió poco a poco sus nuevos poderes. Tenía muchísima fuerza. Lo único que quería era destruir a la princesa Amaranta. Nela pensaba que la princesa era la causante de todo lo que había pasado; tenía que planear cómo destruirla. En eso, entró una serpiente gigante dispuesta a atacar a Nela y ella lanzó con sus manos un rayo eléctrico de color rojo. Kuda, la serpiente, se deslizó, aturdida, para salir de la tumba.

—¡No, no te vayas, únete a mí! —le dijo Nela con desesperación.

—¿Qué puedo ganar yo al unirme contigo? —preguntó, cautelosa, la serpiente gigante.

—¡Podremos conquistar Lizandria, unir fuerzas y tener todo el poder! —contestó Nela con convicción.

—Suena interesante —convino la serpiente.

—¿Cómo te llamas? —preguntó Nela.

—Kuda —respondió la serpiente—. Vengo de las montañas de Napilú.

—Bien, Kuda. ¡Desde hoy, seré la bruja oscura de Alemo! —exclamó Nela.

Y, en ese momento, se escuchó un ruido estruendoso: era un cuervo negro de ojos rojos, que había presenciado todo y bajaba volando hacia Nela. Al tocar el piso, tomó la forma de un mago viejo, de cabello negro, largo, hasta la cadera, con vestuario negro.

—Soy Cutapí y he sentido tu sufrimiento por días —dijo el cuervo—. Te serviré en lo que necesites, mi señora —agregó Cutapí, inclinándose hacia ella.

—¿Quién eres tú? —preguntó Nela.

—Un ave solitaria y quiero servirte. Tengo este cubo mágico a través del cual podrás ver lo que yo veo durante mi vuelo o a donde yo vaya —contestó Cutapí entregándole el cubo.

—Gracias, Cutapí y Kuda. Pronto planearemos mi regreso al castillo del rey Etos —sentenció Nela con ira.

En el mundo de Lizandria, cada Elemento estaba pendiente de su tarea; Yuna, Yala, Gasba y Nie trabajaban para estar en armonía, como un solo Elemento, para el bienestar del mundo de Lizandria. Pasaron cuatro meses-lizandria. Yuna estuvo pendiente de la princesa Amaranta, a la que aún no se le notaba el embarazo. La princesa estaba feliz, radiante, no sabía si sería una niña o un niño, pero ella estaba dichosa, aunque, en ocasiones, algunos recuerdos del pasado la entristecían. Yuna, la bruja del elemento Tierra, visitaba a diario a la princesa y, un día, le dijo con seriedad:

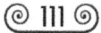

—Es momento de hacer planes, pronto tus padres notarán tu embarazo y no sabemos qué reacción puedan tener —explicó Yuna, preocupada—. Quizás, al ver al bebé, el corazón de tu padre se ablande, pero ¿y si no es así?

—¡Tienes toda la razón, Yuna! —contestó Amaranta con gran preocupación—. Podríamos decirles que voy al bosque Zalera para ayudarte en algún proyecto especial y regresaremos con mi bebé en brazos —agregó la princesa, que ya había pensado en varias opciones.

—¡Esa es muy buena idea! —aceptó Yuna, emocionada.

Yuna se presentó ante los padres de Amaranta y les explicó que necesitaba la ayuda de la princesa porque, con sus habilidades y sus poderes mágicos, podría ayudarla en un proyecto que tenía en el bosque Zalera. El rey Etos aceptó, pensando que eso la distraería de todo lo que había pasado. Así que, al día siguiente, emprendieron el viaje hacia el bosque Zalera, por el camino de las Colinas Mágicas. En esa época del año no caía nieve, el clima era perfecto.

Las Colinas Mágicas eran un lugar enigmático, muy tranquilo y lleno de paz. Alrededor de todas las colinas había estatuas gigantes, que parecían resguardar algo. Llegaron a una gran cabaña, que era la casa de Yuna, en lo alto de un árbol. Era acogedora, bastante amplia, con libros muy antiguos y muchos frascos con distintas hierbas, con diferentes tipos de tierra y piedras. No muy lejos, por el río Asabi, vivían los codikas, unas criaturas muy sabias que no pertenecían a ninguna alianza. Sus casas, hechas de madera, estaban cerca del río. Eran bajitos y, cuando Yuna tenía que viajar por los diferentes lugares de Lizandria, Amaranta convivía con los codikas y estos la cuidaban. Le enseñaron la bondad de la naturaleza, el amor por los animales y cómo el Creador de los

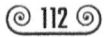

Cielos y de Todo estaba siempre presente. Le enseñaron poco a poco a reparar ese hueco que la ausencia de Caleg había dejado en su alma.

Fue ahí, en el bosque Zalera, donde la princesa Amaranta pasó los últimos meses de su embarazo. Día a día, ella iba aprendiendo cómo controlar sus emociones. Los codikas la envolvían con amor, bondad y enseñanzas. La tristeza de su alma cada vez era menos y fue ahí donde ella entendió que deseaba amor, paz y esperanza para Lizandria. Ahí sintió la mayor paz que había sentido su alma. El amor en su corazón y el querer ayudar a otros, sin recibir nada a cambio.

El bosque Zalera era enorme, hermoso y lleno de vida. Todas las mañanas Amaranta caminaba un largo rato en compañía de Senid, la Eterna, y Nona, la Expresiva; dos mujercitas con una gran sabiduría. Un día, la princesa descubrió que el bastón de los codikas poseía grandes poderes y, esa noche, contempló un ritual donde los diez codikas hacían un gran círculo, en cuyo centro había una criatura del norte, un simio parlante que venía de la selva Eteno, llamado Sivolú. Había sufrido la pérdida de su pareja, una simia llamada Valan. Ella había ido en busca de un nuevo hogar en el norte y nunca regresó. Se perdió en las áreas volcánicas de nieve, más allá del bosque Geata. Sivolú había quedado devastado y ya no quería ser el rey de los simios parlantes. Esa noche, Amaranta vio como todos los codikas, en unión, lograron reparar su alma dañada.

Sivolú se encontraba ahí, en medio, y los codikas alrededor, en forma del círculo. ¡Cómo lo olvidaría la princesa! Estaban Teana, la Preventiva; Zamisé, la Compasiva; Senid, la Eterna; Tagudra, la Equilibrada; Nona, la Expresiva; Aridú, el Sabio; Inac, el Inteligente; Zajú, el

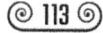

Justo; Zabé, el Noble y Mudato, el Victorioso. De pronto, levantaron sus bastones hacia el cielo que, a su vez, lanzaron un rayo de intensa luz cada uno. Al unirse los diez rayos blancos bajo una estela, la luz bajó sobre el cuerpo completo de Sivolú, expandiendo una ola de paz y, después, solo quedó la armonía del sonido del viento y todos pronunciaron una frase en forma de coro, en su lenguaje yexirú: *Lao oq ykouxek xo qej yioqej ñej mkehosui.* (Que el Creador de los cielos nos proteja).

La princesa Amaranta, durante toda su vida, no había salido de Ciudad Alemo. No conocía más allá del lago Turipi. Así que, desde que vio por primera vez a Caleg, este le cambió la vida totalmente. Caleg nunca lo imaginó, pero a su lado, la princesa empezó a conocer y a descubrir muchas cosas buenas y otras malas. Esa experiencia que estaba viviendo con los codikas también restauró su alma. Caminó hacia el río, se sentó sobre una piedra, observando lo natural del paisaje, respirando el aire puro.

Mientras tanto, al castillo de Baltar, en Ciudad Alemo, llegó Nela, que estaba irreconocible.

—¿Quién es usted? —preguntó Baltar, con un gran miedo.

—¡Soy yo, padre, Nela! —contestó la bruja oscura con desesperación.

—¡No es verdad! —gritó Baltar, horrorizado—. ¿Qué le has hecho a mi hija?

—¡Soy yo, padre! —repitió Nela acercándose a él.

—¡Arréstenla! —ordenó su padre a los soldados sehu.

Pero conforme los soldados se acercaron a Nela, al tocarla, se convirtieron en estatuas de piedra. Ella seguía acercándose lentamente a sus padres.

—¿Qué está pasando? —gritó desesperada Zatara, madre de Nela.

—¡Soy yo, mamá! ¡Soy Nela! —contestó, enfáticamente, la bruja oscura.

—¡Nela! ¿De verdad eres tú? —preguntó Zatara llorando con desesperación.

—¡Sí! ¡Hice algo muy malo y este es mi castigo! —gritó Nela, desesperada—. ¡La princesa Amaranta tiene la culpa! ¡Todo esto es culpa de ella! —agregó la bruja malévolamente.

—¡Hija, te dimos todo: amor, educación, valores! ¿Qué hicimos mal, Nela? Eras bella e inteligente, ¿qué tenías en el alma? —dijo Zatara, llorando, desesperada.

Zatara corrió a darle un abrazo a su hija, pero, al tocarla, se convirtió en una estatua de piedra.

—Pero ¿qué has hecho? —gritó Baltar acercándose a su esposa, sin embargo, también se convirtió en una estatua de piedra al tocarla.

—¡Nooooo! —gritó Nela, con desesperación e impotencia—. ¡Esto no puede ser!

Nela se quedó impactada por lo que había hecho. Ella no sabía que podía hacer eso.

—¿Qué me has hecho, Ecalec? —gritó con furia.

Nela había se quedado sola por completo. Sus padres ahora eran estatuas de piedra. Lo peor era que, cada vez, Nela sentía menos dolor. Encerró a los sehu que quedaban en las celdas del castillo. No quería que nadie supiera lo que había hecho. La bruja oscura estaba llena de odio, ira y furia y no podía controlarlo. Ahora, lo único que quería era vengarse de Amaranta. La culpaba por todo lo que había pasado.

Pasaron los meses y Nela se preparaba para ir al castillo del rey Etos. Quería vengarse; su vida había cambiado totalmente. No quería que la descubrieran, así que decidió quedarse en el castillo de Baltar, que, poco a poco, se hizo oscuro y gris. Las plantas murieron y, en lugar de aves y animales, había cuervos por todos lados.

Y llegó el día en que decidió atacar el castillo del rey Etos, esperando encontrar a la princesa Amaranta. Iba con Kuda, la serpiente gigante. Un sehu alcanzó a escapar por los bosques. Nela se hacía más fuerte y poderosa y convirtió a todos en estatuas de piedra, cuando llegó con los reyes de Ciudad Alemo, estos estaban en su trono. Ni siquiera les dio la oportunidad de defenderse. Les lanzó un rayo, convirtiéndolos en estatuas también. Nela empezó a buscar a la princesa con desesperación, por todas partes, pero no la encontró.

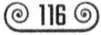

Por otro lado, el sehu que había logrado escapar, por fin llegó al bosque Zalera, donde se encontraba Amaranta. A la princesa le faltaban pocos días para dar a luz, pero la noticia la puso muy nerviosa al pensar que sus padres estaban en peligro. Yuna ya no la pudo llevar a la cabaña del árbol, ya que, en ese momento, la princesa empezó a sentir unos dolores tremendos, unas punzadas en el cuerpo que le indicaban que el bebé ya estaba por nacer. La casa más cercana era la de Zabé, el Noble. La acostaron en la cama y Teana, Zamisé, Senid, Tagudra, Nona y Yuna, la bruja del elemento Tierra, entraron para ayudarla. Afuera de la casa estaban esperando Aridú, Inac, Zajú, Zabé y Mudato, ansiosos por no saber nada cuando, de pronto, se escuchó el llanto agudo y tierno de un bebé. En eso salió Yuna, la bruja.

—¡Es una niña, una hermosa bebé! —gritó Yuna con júbilo.

Y todos entraron, apresurados, a la casa de madera. A la princesa se le salieron las lágrimas de emoción, un sentimiento indescriptible la llenó. Tantas cosas al mismo tiempo, tantos sentimientos encontrados, al ver a su hija en sus brazos, se le olvidó todo el sufrimiento vivido y le dio un beso tierno en la frente.

—Se llamará Zaphirah Diterfisús, hija de la princesa Amaranta Diterfisús, de Ciudad Alemo, de Lizandria —exclamó Amaranta.

Todos los codikas estaban muy contentos y se pasaron a la bebé entre los brazos, cuando, de pronto, la princesa recordó que un sehu había traído malas noticias.

—Yuna, si Nela se entera de la existencia de Zaphirah, no parará hasta hacerle daño, como el que me hizo a mí —dijo Amaranta con angustia—. ¡Tenemos que partir a Ciudad Tizara! Tengo un plan para que Nela no se entere. Me duele muchísimo, pero será lo mejor y, después, me iré en busca de mis padres —agregó Amaranta con decisión.

—Está bien, hija —contestó Yuna.

Los codikas, al enterarse de la decisión de la princesa, se pusieron tristes, pero respetaron y entendieron que era lo mejor para la bebé, ya que corría grave peligro y la ayudaron a empacar.

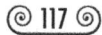

—Alguien de ustedes vaya al sur, al bosque Winhebu, por la pradera Fasusú, pasando las cascadas de Cahema —pidió la princesa—. Ahí viven las hadas del sur. Avísenle a la reina Halú que la veré en Ciudad Tizara, por favor —dijo Amaranta con seguridad.

—Sí, mi princesa —contestó Aridú, el Sabio.

Al día siguiente, una mañana cálida y soleada, partieron hacia su destino a Ciudad Tizara. En el camino, Amaranta iba con los sentimientos encontrados: se sentía triste por lo que estaba pasando y, a la vez, contenta por el nacimiento de Zaphirah, una hermosa bebé. Pero el plan que tenía la separaría de ella. Amaranta sentía todo tipo de emociones: dolor, amor, cariño, alegría, esperanza y tristeza.

Sabía que lo que iba a hacer era lo mejor para su niña. No quería que nadie le hiciera daño, tenía que protegerla. Los codikas les prestaron una criatura con alas: un kadixus, criatura de los cielos. Los kadixus solo existían en el bosque Zalera y únicamente los codikas los tenían con ellos. Los kadixus eran como unos enormes peces con cuatro alas y tenían patas. Eran unas criaturas raras, pero muy nobles, de diferentes colores y nadaban en las profundidades del río Asabi. Cuando los codikas los requerían, volaban sobre los océanos o los ríos por las noches. Y era de noche cuando llegaron al final de los peñascos de Tymor.

De ahí, los kadixus emprendieron el vuelo en dirección hacia el sur, hacia Ciudad Tizara. Amaranta sentía la fuerza del viento en su rostro y veía cómo el brillo de la luna alumbraba a su bebé, mientras escuchaba el aleteo de los kadixus. La bebé iba tranquila, no lloraba. Solo iba acurrucada en los brazos de su madre. Llegado el amanecer, entraron a Ciudad Tizara, donde el rey Zamo los recibió en la parte más alta de la montaña, donde se encontraba el portal mágico. Zamo iba con su hijo, el pequeño Toluk, de tan solo quince años-lizandria, es decir, tres años-tierra.

—Ella es Zaphirah —dijo Amaranta, mostrando levemente a la bebé.

Toluk, el pequeño príncipe, se acercó y la tomó de la mano, mientras la bebé sonreía con inocencia.

—Envié un mensaje a la reina de las hadas del sur —dijo Amaranta con expectación.

—Ya está aquí, princesa —contestó Zamo, indicándole el camino.

Poco después, bajaron por el interior de la montaña hacia el salón Lahuza, donde llegaron Halú, Zamo, Yuna y la princesa Amaranta. La bebé se había quedado en una habitación, en una pequeña cuna de madera, a la orilla del ventanal, y Toluk, el pequeño yaramín, se encontraba con ella.

Una vez que estuvieron todos en el salón, empezaron a hablar:

—¿Qué pasó, princesa Amaranta? —preguntó la reina de las hadas del sur, sumamente preocupada.

—Nela llegó al reino de mis padres y empezó un ataque. Me está buscando, por lo que tengo que ir a Ciudad Alemo, pero no puedo llevar a Zaphirah, ya que corre peligro. Nela no debe enterarse de que la niña existe —contestó la princesa con lágrimas en los ojos.

—¿Quieres que la cuidemos aquí, en Ciudad Tizara? —preguntó Zamo, tiernamente.

—¡No! —contestó Amaranta.

—¿Qué estás pensando hacer, Amaranta? —preguntó Yuna, la bruja del elemento Tierra.

—Quiero que llevemos a Zaphirah a la Tierra, con los humanos, por medio del portal mágico —contestó Amaranta con profunda tristeza.

—¿Cómo sabes tú de la existencia del portal mágico? —preguntó Yuna.

—Por mi mamá, siempre la escuché hablar del portal mágico con papá y, además, por Caleg —contestó Amaranta.

—¡Pero nunca hemos intentado algo así! Enviar a vivir a una criatura de Lizandria a la Tierra —exclamó Yuna, asustada.

—Sé que el portal se puede abrir con alguno de los Elementos o por un sehu de la dinastía de los reyes, de Ciudad Alemo. Por favor, Yuna, ¡tengo que salvar a mi niña! —contestó con desesperación.

—¿Estás segura, princesa? —preguntó Halu, la reina de las hadas del sur—. ¿Con quién la dejaremos?

—¡Sí, estoy completamente segura! La esconderé de Nela, nunca le podrá hacer daño —contestó Amaranta, vehementemente.

—Está bien, princesa —aceptó Yuna—. Conozco a alguien en la Tierra que nos puede ayudar. Cuando se hizo el portal mágico, por accidente, entraste cuando eras una pequeña y te seguimos para traerte de vuelta. Salimos por un árbol, que se encontraba en la casa de Edugel, que para nuestra suerte, es una buena humana que no se espantó de nada. ¡Con ella podremos dejar a Zaphirah! —agregó Yuna, esperanzada.

—Vamos a la Tierra, mis padres corren peligro. Espero que Nela no les haya hecho daño —dijo Amaranta, tristemente.

—¿Segura de que sabes lo que haces, princesa? —preguntó el rey Zamo, de Ciudad Tizara

—¡Sí!, yo sé lo que hago —respondió la princesa con firmeza.

Del salón Lahuza se dirigieron por las escalinatas a la parte más alta de la montaña principal. Todos estaban ante aquel imponente árbol que emitía el brillo más hermoso que se había visto en Lizandria. Tenía raíces gruesas, de cuatro colores: blanco, azul, rojo y verde. Las raíces estaban enroscadas y aferradas al suelo de la montaña.

—*PORMA DESA EMBA EMA. PORMA DESA EMBA EMA* —exclamó Yuna.

En eso, todo se iluminó de una manera indescriptible. Se observaba el reflejo de una puerta de colores, con pequeños símbolos.

La princesa tenía a la bebé en brazos, una hermosa pequeña, recién nacida. El rey Zamo y su hijo vieron como Yuna, Halú, Amaranta y la bebé se perdían entre ese brillo intenso. De pronto, el portal mágico se cerró y volvió a ser un árbol.

Viajaron por un túnel lleno de colores y salieron de un enorme árbol frondoso. Sentían en su rostro cómo caían unas pequeñas hojas. Era de noche. A sus pies había una gran piedra redonda. Caminaron sigilosamente hacia la casa de madera que se encontraba cerca del árbol y, debido a los ladridos de los perros, salió una señora ya grande, que reflejaba un alma hermosa, llena de paz y amor en su corazón. Era una humana, la humana que buscaban.

—¡Yuna! ¿Qué haces aquí? —preguntó Edugel, ahora convertida en una anciana.

—¿Cómo estás, Edugel? —contestó Yuna, emocionada—. No vengo sola —dijo señalando a los demás.

—Ya pasaron muchos años... ¿Cómo está aquella niña que se pegó con la piedra hace tanto tiempo? —inquirió Edugel.

—Aquí está, Edugel. Esta es la princesa Amaranta y, además, vengo con Halú, la reina de las hadas del sur de Lizandria —contestó Yuna, haciendo las presentaciones correspondientes.

Edugel se acercó a Yuna y, alejándose de las demás, le habló en voz baja...

—Hace unos meses llegó Caleg, la única persona que sabía del portal mágico —dijo—, pero venía aturdido, asustado y se fue del pueblo. No se volvió a saber nada de él. ¿Qué le pasó, Yuna? —preguntó Edugel, preocupada.

—Ya lo sabrás, Edugel. Eres la única que sabe de Lizandria —contestó Yuna—. Pero ya sabes, no debes contarle a nadie —advirtió.

—Caleg empezó hablar de muchas cosas y toda la gente creyó que eran cuentos, que estaba mal de la cabeza.

Eso le afectó mucho y se fue lejos —contestó Edugel, apesadumbrada.

—Edugel, han pasado cosas muy malas en Lizandria. Venimos por ayuda —dijo Yuna con súplica.

Edugel se les quedó mirando por un momento y luego sus ojos se dirigieron hacia la bebé que cargaba Amaranta y, con gran ternura, la tomó entre sus brazos.

—¿Y esta hermosa bebé? ¿Por qué la traen desde Lizandria? —preguntó Edugel.

—Bella señora, es la niña de mis ojos. Es mi hija, se llama Zaphirah. Corre peligro en estos momentos en mi mundo y la única forma de protegerla es esconderla aquí, en la Tierra, con usted —dijo Amaranta—. Es tan indefensa, tan pequeña. ¡No soportaría que le hicieran daño! —agregó la princesa con tristeza.

—¿Pero quién le puede hacer daño a una criatura así? —preguntó Edugel con incredulidad.

—Hay una bruja oscura que está llena de rencor, de odio, de una ira inexplicable y quiere hacerme daño. Si ella se enterase que Zaphirah existe, no dudaría en lastimarla —explicó Amaranta con dolor—. Le pido a usted que la cuide el tiempo que sea necesario. Con todo el pesar de mi alma, la tengo que esconder. No quiero alejarla de mí, pero, por ahora, es necesario, por su bien —agregó Amaranta, entre lágrimas.

—¡Mi querida niña! Ya te recuerdo, eres muy valiente. No puedo imaginar lo que sientes al desprenderte de esta pequeña inocente —dijo la anciana—. No te preocupes, a esta criatura nunca le faltarán amor, paz y esperanza en su alma... Percibo tu dolor, pero vete tranquila. Regresa por ella cuando puedas hacerlo, yo no le diré nada, ni de sus orígenes. Eso se lo dirán ustedes el día que regresen por ella, sin embargo, la prepararé para ese momento —agregó Edugel con firmeza.

La princesa estaba desconsolada, lloraba con una angustia inmensa y no podía entregar a Zaphirah. Yuna, la bruja del elemento Tierra, se acercó y le puso la mano en el brazo, para darle coraje y valor. Halú, el hada, también lloraba. Era un momento triste, hasta que Amaranta le dio un beso en la frente, con ternura, con amor.

—No te preocupes, mi niña. Tienes que esconderte, sé que estarás en buenas manos con Edugel. Mientras estés con ella, estarás a salvo y eso me llena de gozo —habló Amaranta—. Estoy triste, porque estaremos separadas. Pero me dolería más si algo te pasara; eres tan frágil, tan inocente. No conoces la maldad. Yo tengo que regresar a Lizandria y confrontar a Nela antes de que haga más daño y, algún día, regresaré por ti —dijo Amaranta a la bebé, que ya estaba en brazos de Edugel.

Halú, el hada del sur, y Yuna, la bruja del elemento Tierra, no pudieron contener las lágrimas al ver cómo se separaban; era muy injusto. Pero, de pronto, Yuna recordó que llevaba los dos amuletos restantes; le dio uno a la princesa Amaranta y el tercer amuleto, con la quinta piedra, se lo puso a la bebé y, de inmediato, el amuleto irradió una onda magnética que todos percibieron.

—Edugel, este amuleto es muy especial, muy poderoso. Está elaborado de una forma única y, al ponérselo a Zaphirah, se ha sincronizado con sus más profundas emociones. La bebé y el amuleto son uno, él la protege y aquí, en la Tierra, contendrá sus poderes, haciéndola comportarse como una humana normal y ordinaria —explicó Yuna, la bruja del elemento Tierra—. No dejes que se lo quite para nada, nunca —agregó Yuna.

—Está bien, Yuna —contestó Edugel—. Tengo una hija casada; ella y su esposo serán sus padres y yo seré su abuela. Ya estoy vieja y nadie va a creer que es mi hija, pero nunca me separaré de ella —agregó Edugel.

Había llegado el momento de la separación: la princesa Amaranta, Halú y Yuna tenían que regresar a Lizandria. Esa noche de otoño dejaron a Zaphirah en la Tierra. Regresaron hacia el árbol, la princesa iba llorando. Le dolía muchísimo dejar a la bebé, pero así tenía que ser en ese momento y Edugel las vio desaparecer por el portal mágico. Llegaron a Lizandria y, al salir del portal, la princesa corrió y abrazó al rey Zamo, llorando como una niña asustada, llena de miedo. El rey de los yaramín no dijo nada, solo la abrazó. Él sabía que la princesa pasaba por el momento más triste de su vida.

—¡Tengo que irme, mis padres corren peligro! —exclamó Amaranta.

—Yo voy contigo, princesa —dijo Yuna.

—Yo también —agregó Halú.

—Yo también iré con ustedes —dijo Zamo.

—¡No! —contestó Amaranta—. Zamo, tú debes proteger el portal mágico. Nela no sabe dónde está, pero hará lo posible por averiguarlo todo. Halú, tú tienes que alertar a la mayoría de las criaturas buenas de Lizandria: ¡Nela es un peligro! —continuó—. Yuna, tú tienes que reunir a todos los Elementos para que me alcancen en Ciudad

Alemo. Necesitaré toda la ayuda posible y yo, mientras, me adelanto —les dijo a cada uno.

—De acuerdo, princesa. Pero te acompañará, por lo menos, un yaramín —aceptó Zamo.

—Está bien —convino la princesa.

La princesa se fue a todo galope, junto a un yaramín. Amaranta llevaba el cabello suelto, lleno de rizos, del color de las hojas de *hoto*, estación actual en Lizandria. Su vestido era largo, de seda color crema. Bajaron por las montañas, pasaron por la orilla del lago. Tomaron un pequeño atajo hacia el bosque Bolusi, que colindaba con el inmenso mar. Pasaron una parte de los peñascos profundos de Tymor y, por último, se adentraron en el bosque encantado de Arsavi. La princesa sentía que el tiempo era eterno. El camino se le hacía cada vez más largo, estaba muy preocupada por sus padres. De la nada, sintió un dolor profundo en el pecho, un presentimiento horrible, algo inexplicable.

Llegó a Ciudad Alemo y se fue directamente al castillo de su padre, el rey Etos; bajó rápidamente de su caballo y corrió hasta llegar al trono de los reyes y lo que vio la dejó paralizada: sus padres estaban convertidos en estatuas de piedras. Amaranta gritó de dolor y cayó de rodillas en el piso.

—¡¿Por qué?! —gritó Amaranta, llorando.

—¡Vaya, vaya, vaya! —exclamó Nela, acercándose lentamente a ella—. Pero ¿a quién tenemos aquí? —continuó con sarcasmo.

—¿Cómo pudiste hacerles esto? —gritó Amaranta con desesperación.

—¡Lo sabía! —espetó Nela—. Tus patéticos sentimientos son tu talón de Aquiles —dijo Nela con profunda maldad.

—¡Ellos te estimaban mucho, Nela! —respondió la princesa con terrible dolor.

—¡Es algo que no puedo controlar! ¡Crece y crece cada vez más! —exclamó Nela con rabia—. ¡Y tú eres la culpable de todo esto! ¡Tengo que acabar contigo y los tuyos! —agregó amenazante.

—¡Mentira! —gritó Amaranta—. ¡La única culpable eres tú!, por tu odio, tu rencor, tu ambición de poder, tu egoísmo y tu crueldad.

—¡Cállate o lo pagarás! —gritó Nela con todo su rencor.

—¡Es verdad! ¡Te duelen las verdades! —acusó Amaranta—. ¡Cada una de nosotras tiene sus propias culpas, todo lo que hacemos, decimos y pensamos tiene consecuencias! —exclamó entre lágrimas—. Consecuencias buenas, malas, negativas o positivas. Nadie es culpable de lo que nosotras decidimos, ¡nadie más que nosotras mismas!

—¡Cállate! —gritó Nela—. ¡Por tu culpa no puedo ser feliz!

—¿Desde cuándo, Nela? ¿Desde cuándo me odias tanto como para planear lo de Caleg? ¿Con qué corazón? —preguntó con dolor Amaranta—. ¡Jamás imaginaste el impacto de lo que tú sola planeaste por egoísta!

—¡No sé de qué hablas! —gritó Nela volteándose con violencia.

—Quizá lo niegues, ¡pero tú sabes quién eres realmente! ¡Jamás imaginé que tú me traicionarías de esta forma!

—acusó llorando desesperadamente—. Yuna me contó todo: lo del brazalete, tu odio, tu rencor... —dijo Amaranta levantando la cara, con fortaleza.

—¡Te destrozaré el alma, te haré la vida imposible! ¡No podrás descansar más y me burlaré de ti hasta lograr que quedes muerta en vida! —rió macabramente Nela, la bruja oscura.

—Lo siento, Nela, yo he cometido errores y los supe afrontar. Tú no. Toda tu maldad se te regresará. ¡Yo no haré nada, tu propia conciencia te castigará! El Creador de los cielos protege a las almas libres de maldad, protege a los que tienen en su alma bondad y fe. ¿Ya estás satisfecha? Caleg fue enviado a la Tierra sin memoria, es como si el Caleg que yo conocí nunca hubiera existido. Ya no hay portal mágico, fue destruido. Mis padres son unas estatuas de piedra... ¿Qué más daño puedes causar? —lloró con desesperación Amaranta.

—¡Cállate, tonta! —gritó Nela—. ¡Tu mundo color rosa se ha destruido, tu maldito romanticismo te llevó casi a la tumba! ¡Eres una tonta! Eres tan ingenua por haber creído en el amor y en la amistad... Caíste en mi trampa, ¡todo lo que planeé salió perfectamente! —dijo sonriendo malévolamente.

—¡No me importa, Nela! —dijo la princesa, sollozando, en el suelo—. No me importa, porque yo actué con el alma, con mi corazón. Al menos, yo fui siempre sincera y traté de ser honesta, siendo responsable de mis actos, afrontando de frente las consecuencias de mi más grave error: ¡haber confiado en ti! Mi intuición nunca me falló, sé que lo romántico no se cura y no me importa ser quien soy. Me amo, me acepto a mí misma y, de verdad, lo siento por ti, porque no sientes. Estás vacía y no te importó el daño tan grande que me hiciste y que le estás haciendo a Lizandria —le increpó Amaranta.

—¡Qué tonta fuiste! —se burló Nela—. ¡Mírate ahora, arrodillada ante mí! ¿Dónde están todos tus amigos? ¿Tu Alianza? ¿Dónde está tu familia ahora? ¡Estás sola, estás atrapada! —agregó la bruja oscura.

—Siento mucho todo esto, Nela. Debí darme cuenta a tiempo, ¡estaba tan ciega! —exclamó la princesa con profunda tristeza—. ¿En qué momento me empezaste a odiar tanto?

—¡Levántate! —ordenó Nela.

—¡El Creador de los cielos, la vida, pero, sobre todo, el tiempo, te harán pagar el grave error que cometiste! —agregó la princesa sin fuerza.

—¡Párate! ¡Pelea! Ahora sí, ¡demuestra de qué estás hecha! —gritó Nela, desfiándola.

—¡No! ¡Puedo hacerte daño, puedo hundirte, pero no lo haré, ni caeré en tus provocaciones! ¡Tengo fe en el Creador de los cielos, tengo fe en mí misma, no haré las cosas mal! —objetó Amaranta con decisión.

De pronto, Nela lanzó un rayo a la princesa Amaranta, sin embargo, esta puso un campo magnético, desviando así el rayo. Nela volvió a lanzar otro rayo, ahora con mayor fuerza, de tal forma que le pegó de lleno y la hirió. La princesa estaba demasiado triste y cansada por todo lo que había pasado: perdió al amor de su vida; sus padres eran estatuas de piedra y se alejó de su niña, al esconderla en otro mundo, para salvarla del odio de Nela.

La princesa Amaranta ya no tenía fuerzas; su mejor amiga, a la que conocía de toda la vida, la traicionó de la peor manera, de la forma menos creíble y se dejó vencer. Quería ver hasta dónde era capaz de llegar la maldad, la obsesión de Nela. Y, en el fondo, creía que podía salvarla de su terrible destino.

—No te reprocho nada, Nela. En el fondo, todo es mi culpa. Te di toda mi confianza y yo soy la responsable de eso. ¡El tiempo, la vida y el Creador de los cielos pondrán en su lugar a cada una! —sentenció Amaranta.

Nela quedó impactada con la confesión, pero ya nada la detuvo. Frotó sus manos, sopló en dirección de la princesa y una nube negra se apoderó de todo su cuerpo, haciéndola dormir para siempre.

—*Loso al magrila nude rupuroma al riatare. Loso al magrila nude rupuroma al riatare.* (Solo la lágrima de un amor puro, ingenuo e inocente la despertará) —dijo, en conjuro, la bruja Nela.

Nela sabía que no había nadie que hiciera eso. Para ella, Amaranta estaba sola, por eso conjuró de tal forma. Nela envió a Cutapí a subirla a una de las torres del castillo y dejarla ahí para siempre. El yaramín que la acompañaba se había escondido y presenció todo y, en cuanto tuvo la oportunidad, escapó.

Rumbo a Ciudad Tizara, se encontró a los Cuatro Elementos, les contó todo lo sucedido con la princesa Amaranta y señaló a dónde la habían llevado. Yala, Nie y Gasba querían ir a rescatarla, aunque tuvieran que pelear con Nela.

—¡No! —los detuvo Yuna, la bruja del elemento Tierra—. Por ahora ya no podemos hacer nada, hemos llegado tarde. Nela ahora tiene mucho poder y, al afrontarla, absorberá el de nosotros —dijo con lágrimas en el rostro—. Esperaremos. El tiempo nos dará las respuestas. Sigamos protegiendo a Lizandria, porque viene un futuro difícil —agregó con resignación.

—No permitiremos que Lizandria pierda la paz, el amor y la esperanza que siempre han albergado en sus corazones las almas buenas —dijo Yala con coraje.

—Amaranta luchó hasta el final, nunca se rindió. Tenemos que pelear por nuestros ideales así como ella lo hizo, hasta el final —agregó Gasba.

—Paciencia, tiempo al tiempo —dijo Nie...

Y así fue como la madre de Zaphirah quedó dormida en una de las torres del castillo de los reyes de Ciudad Alemo. Qué tristeza; cuando mi madre me contaba esta historia, siempre terminaba llorando.

Regresando a nuestra historia...

Halú le comentó a Zaphirah que su madre se encontraba en una de las torres del castillo en Ciudad Alemo.

Zaphirah guardó silencio por un largo tiempo. Solo miraba hacia el mar, tratando de procesar la información sobre sus orígenes.

—¡Pobre de mi madre! No puedo imaginar todo lo que sufrió al querer ser fuerte y valiente, hasta que se rompió como un cristal por dentro —dijo Zaphirah con voz quebrada. Y, con lágrimas en los ojos, preguntó la niña, entre curiosa y triste—. Halú, ¿sabes qué pasó con mi padre?

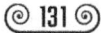

—No, Zaphirah, no volvimos a escuchar nada sobre él —contestó Halú, negando con la cabeza, tristemente.

—Siento tanto dolor al escuchar su historia... ¡Ya quiero llegar al castillo y poder abrazarla, rescatarla, decirle que nunca estuvo sola! —exclamó vehementemente Zaphirah—. Siento que la conozco: ella era la princesa de la que me contaba mi abuela —agregó Zaphirah con emoción.

—¡Toda la Alianza está contigo, Zaphirah! —exclamó Toluk con esperanza.

Zaphirah, en ese momento, empezó a sentir cambios en ella misma. Ya no tenía tanto miedo y quería rescatar a su madre. Eran tantas emociones, que lo único que pensaba era en aprender y ayudar y, de repente, su amuleto empezó a tener un brillo diferente a lo normal.

Cuando Halú, la reina de las hadas del sur, Toluk, el príncipe de los yaramín, de Ciudad Tizara y Zaphirah Diterfisús, la princesa sehu de Ciudad Alemo, se encontraban por el bosque Bolusi, nunca se dieron cuenta de que, en uno de los árboles cercanos, había un cuervo de ojos rojos, escuchando todo, observando todo... Nela, la bruja oscura, a través del cubo mágico, podía ver lo que Cutapí veía, escuchaba lo que Cutapí escuchaba.

—¡Demonios! —gritó Nela, furiosa—. ¡Amaranta tuvo una hija! ¡Imposible! ¡Qué tonta fui! ¡Cómo no lo descubrí antes, se parece tanto a su madre! Pero, querida, nunca lograrás acercarte a ella, ¡de eso me encargo yo! —sentenció.

La bruja oscura empezó a dar vueltas, tratando de pensar en qué haría; todo esto cambiaba sus planes dramáticamente.

—¡Kuda! ¡Kuda! —gritó Nela con desesperación.

—Sí, señora —contestó Kuda.

—¡Reúne a todos urgentemente! ¡Tenemos un gran problema! —ordenó Nela.

—¡Sí, señora! —respondió Kuda, enfáticamente.

La gran serpiente se fue, sigilosa, por el castillo. Era una noche gris, sin estrellas, y desapareció entre los arbustos del cementerio de Ciudad Alemo.

Mientras, en Ciudad Tizara, en su habitación, se encontraba Zaphirah, acostada en la cama, pensando en uno de los cuentos de su abuela Edugel. Recordó como llegaba por la noche y siempre se sentaba en la orilla de la cama, después de su baño y de alaciar su cabello blanco, que le llegaba a la cadera. Era una anciana chaparrita, un poco gordita, pero con un corazón hermoso. La niña tenía cerca de seis años cuando le empezó a contar una historia y las memorias de Zaphirah se perdieron entre las palabras exactas que le dijo su abuela esa noche...

—Zaphi, ¿quieres que te cuente una hermosa historia? —dijo la abuela Edugel con alegría.

—¡Sí, sí, sí, abuelita! —contestó, emocionada, la niña.

—Había una vez un mundo lleno de magia, fantasía, amor y paz. Un mundo eterno con impresionantes criaturas, que preservaban sus orígenes respetándose entre ellas. Pero también existía el mal, escondido y silencioso, esperando oportunidades para atacar. En este mundo existían Cuatro Elementos importantes, siendo estos los Cuatro Pilares para el soporte de ese mundo, Tierra, Agua, Fuego y Aire. Y un día, la bruja oscura quiso encontrar a la princesa para hacerle daño...

—¿Qué más, abuelita? —preguntó Zaphirah, emocionada.

—Mañana seguimos con el cuento, mi niña —contestó la abuelita.

—No, abuelita, ¡cuéntamelo, por favor! —suplicó la niña, con los ojos muy abiertos.

—Bueno, está bien —concedió la abuela—. La princesa corrió por los bosques. Tenía que proteger algo muy importante y, en el camino, otras criaturas la ayudaron y la llevaron a un portal mágico, por donde podría viajar a otro mundo y así poder esconder lo más valioso que tenía: una gema natural con la forma de un corazón... y colorín colorado, por hoy, este cuento se ha terminado, mi niña.

—Pero, ¡abuelita! —rezongó Zaphirah—. ¿Qué corazón tenía que proteger la princesa? —preguntó la niña con emoción.

—El corazón de Lizandria, hija, el corazón más puro e inocente de Lizandria —contestó Edugel—. A dormir, mi niña, que mañana tienes que ir a la escuela —apuró la abuelita.

—¡Zaphirah! ¡Zaphirah! —la llamó Halú, sobresaltándola.

—¿Qué pasó? —contestó Zaphirah, pegando un brinco.

—Te quedaste callada por mucho tiempo —dijo Halú—. Tenías la mirada completamente perdida —agregó, preocupada.

—¡Halú! ¡Mi abuelita me trataba de decir algo por medio de sus historias! Siempre me contó historias de Lizandria —dijo Zaphirah con emoción.

—Quizá esa era la forma de prepararte para cuando regresaras a tu mundo, Zaphirah —contestó Halú—. Edugel era una humana noble, bondadosa y llena de amor. Así era el alma de tu abuela en la Tierra, tu madre no se equivocó al dejarte con ella. Hoy eres una niña sin malicia, noble y con ganas de aprender mucho de ti misma —agregó.

—Halú, ¡gracias por estar conmigo en estos momentos! —dijo llorando Zaphirah, emocionada—. No te imaginas lo que eso significa para mí —agregó la niña.

Esa misma noche, en Ciudad Alemo, en el castillo de Baltar, estaban llegando muchas criaturas del mal. Los árboles alrededor del castillo estaban secos, sin vida. El que antes era un hermoso lago, el lago Turipi, ahora era un pantano maloliente. El viento era pesado y todo estaba desolado. A este lugar llegaron Tolipo, un gigante de un ojo que hacía temblar, al caminar, los pasillos del castillo; Kashe, el Lobo del Oeste; Sanbez, una sirena de isla Bellmar, que tenía pies y podía caminar; Osoros, el gran pirata de la isla Barposos; dos gnomos horribles, Mila y Bedor; los reyes vampiros del castillo de Murata y, no podía faltar Kuda. El único que no estaba era el gran dragón verde llamado Gofú, de la caverna de Zadra.

Nela estaba preparando un plan para evitar que Zaphirah llegara a rescatar a la reina Amaranta. No quería que nadie interviniera en sus planes, quería tener el poder absoluto del mundo de Lizandria.

—Los he reunido aquí porque tenemos un gran problema —dijo la bruja oscura.

—¿Qué pasa, Nela? —preguntó Sanbez, la sirena.

—¿Por qué nos has hecho perder nuestro tiempo? —preguntó Osoros, el pirata, molesto.

—Sí. ¿De qué se trata todo esto? —preguntó Tolipo, el gran gigante de un ojo.

—¡Silencio, cállense todos! —gritó Nela—. La princesa Amaranta tuvo una hija hace cincuenta años-lizandria y, ahora, ella quiere despertarla de su eterno sueño.

—¿Acaso puede hacerlo? —preguntó Bedor, el vampiro.

—¡Sí! —gritó Nela—. El hechizo que lancé sobre la princesa solo puede ser quebrado por una lágrima de amor puro que la despertará. Hace cincuenta años se supone que no existía nadie, por eso lo conjuré así —agregó de manera violenta.

—¿Y por qué no la convertiste en una estatua de piedra, como a los demás? —preguntó Mila, la vampiresa, intrigada.

—Era mi manera de castigarla, ¡quería que durmiera y estuviera consciente y con gran sufrimiento! —contestó Nela—. Pero hoy tenemos un gran problema, porque existe una niña, que ahora me entero escondieron en la Tierra.

—¿Qué pasa si lo logra? —preguntó Tolipo.

—Los sehu son unas criaturas muy importantes en Lizandria. Siempre trabajaron en unión con los Cuatro Elementos y eso puede acabar con nosotros y nuestros planes de conquistar Lizandria —dijo Nela.

—¿Y tú, cómo sabes todo eso? —preguntó Kashe, el Lobo del Oeste.

—¡Lo sé y punto! —contestó Nela, pensando que lo sabía porque, en el pasado, había sido una sehu.

—¿Gofú y Ecalec se unirán a nosotros? —preguntó Bedor, el vampiro.

—Gofú, posiblemente —contestó Nela—. Si le conviene, bajará con nosotros. Ecalec no, él trabaja solo —agregó con un temblor que le recorrió todo el cuerpo.

—¿Qué vamos a hacer para evitar que despierten a la princesa? —preguntó Mila, la vampiresa.

—Para eso estamos todos aquí. ¡Evitaremos a toda costa que esa niña llegue hasta la princesa! —exclamó la bruja oscura, decidida.

Esa noche, todos los malos planearon cómo evitar que la niña llegara a la torre donde se encontraba su madre, en el castillo del rey Etos, en Ciudad Alemo.

Mientras tanto, en Ciudad Tizara, se encontraba la niña con Toluk, terminando su entrenamiento. Ya estaba lista para el gran viaje hacia Ciudad Alemo. La niña estaba nerviosa, se sentía tonta e insegura. El miedo a lo desconocido la hacía temblar, pero tenía la fuerza para seguir y así poder rescatar a su madre, decidida a enfrentar lo que fuera. Sería la única manera de lograr su misión: ¡Despertar a la princesa Amaranta Diterfisús y dejarla en libertad!

Todos los días, Zaphirah descubría, aprendía algo; cada día era nuevo, distinto. Su último día en Ciudad Tizara subió a lo más alto de la montaña, donde se encontraba el portal mágico, y se quedó observándolo un largo tiempo, recordando el primer día en que llegó a Lizandria y cómo había cambiado su vida. Se hacía muchas preguntas; aún no entendía la forma en que estaban sucediendo las cosas. ¡Había vivido diez años en la Tierra siendo de otro mundo! En ocasiones, Zaphirah se sentía confundida, pero en otras, sentía valor y fuerza. Ahora, estando ahí, frente al árbol, sentía como si se estuviera despidiendo de la Tierra. La niña iniciaba una vida nueva, otra etapa drásticamente diferente y tenía que afrontarlo. Había decidido pasar por el portal mágico la noche en que Halú fue por ella al mundo de la Tierra.

La niña se alejó del portal y dirigió su mirada hacia el lago Tolú. El viento soplaba con fuerza y alcanzaba a volar parte de su vestido blanco, mostrando sus botas negras. Traía un morral negro y su cabello café oscuro, lleno de rizos, volaba con el viento. Con su mano izquierda, donde traía la imagen de la brújula, se tocó el amuleto que toda su vida había cargado en el cuello. El cielo tenía un color azul profundo y la niña sintió una paz inmensa, su alma estaba tranquila.

Toda la Alianza APPA estaba reunida en el gran salón Lahuza.

—Como saben, tenemos una gran misión que cumplir: llevar a esta niña sana y salva al lado de su madre —dijo el rey Zamo—. Los he reunido a todos, nuevamente, porque unos acompañarán a Zaphirah; otros, cuidaremos del portal mágico. Mientras, un tercer grupo, viajará a todos los lugares de Lizandria y dará aviso a las criaturas de que la maldad está atacando otras ciudades, que estén preparados para cualquier cosa —agregó el rey Zamo.

—Así será, rey Zamo —concedió Netenión, el rey de los enanos de las montañas de Telnión.

—En cuanto la bruja oscura se percate de la existencia de esta niña, nos atacará y no se tocará el alma por nada ni por nadie —advirtió el rey—. Hunako, Yala, Asrania se quedarán conmigo en Ciudad Tizara —agregó Zamo—. Yuna, Gasba, Natenión, Yasuj, Toluk, Ylud y Zaphirah irán hacia el castillo donde se encuentra la reina Amaranta. Nie, Sivolú y Halú darán aviso a todas las criaturas de Lizandria. Mañana emprenderán el viaje a su destino.

El día tan esperado llegó, todas las criaturas de Ciudad Tizara despidieron a la Alianza APPA. La mañana era soleada y todos alistaban sus caballos para el gran viaje; la niña estaba nerviosa, pero al tocar su amuleto, se sintió más tranquila. Mientras un grupo se quedaba en Ciudad Tizara, partirían dos grupos a cumplir cada uno con su misión.

De pronto, todos los yaramín salieron de sus casas, dejaron escapar de sus manos mariposas blancas y el cielo se llenó de hermosas mariposas, como símbolo de paz. Los líderes de la Alianza sintieron una gran emoción. Iniciaba una nueva etapa para las criaturas de ese mundo. Bajaron, poco a poco, la montaña hasta llegar al pie del lago Tolú. La niña llevaba la yegua blanca, Nalú, que le habían regalado en Ciudad Tizara y, aunque solo los yaramín tenían conexión con sus caballos, la niña logró conectar con Nalú, aún a pesar de ser una criatura sehu.

El grupo donde iban Yuna, Gasba, Natenión, Yasuj, Toluk, Ylud y Zaphirah tenía que pasar por el bosque Bolusi, seguir por las montañas Zachen y pasar por los peñascos profundos de Tymor, hasta llegar al bosque encantado de Arsavi, en donde vivía el Sagrado Lettú.

El segundo grupo, donde iban el mago Nie, Halú y Sivolú, tenía que cruzar la Ciudad Tizara hasta llegar a la pradera Fasusú, pasar las cascadas Cahema y llegar al bosque Winhebu, en donde vivían las hadas del sur. Al bajar por la gran montaña, a mitad del lago Tolú, los dos grupos se separaron y cada uno se dirigió a su destino.

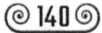

¿Aún estás ahí? ¡Llegaste hasta el final!

Pues esto apenas es el inicio; este fue mi primer libro sobre la niña Zaphirah. Crecí con las historias de mi madre e imaginaba todos esos mundos, pero cuando surgió Zaphirah y todo lo que había vivido, lo único que quería era saber qué había pasado con la princesa Amaranta, cómo los Cuatro Elementos eran desconocidos y se convirtieron en algo muy importante para Lizandria. Hoy vivo en Nueva York, intentando terminar mis estudios. Mi sueño es lograr escribir toda la historia de esta niña.

Crecí en Europa, junto a mis padres. Ellos quieren que me haga cargo de sus negocios, dicen que abrirán unas oficinas aquí, en Nueva York, pero pelearé por ser escritora, por terminar de contar todo lo que pasó con Lizandria. Por mi propio esfuerzo, por mí misma y, ¡será mi regalo para ti, lector! Cualquiera que sea tu edad, seas una niña, un niño o quizás un adolescente o una persona adulta, cualquiera que haya sido tu motivo al entrar a una librería y elegir este libro... Quizá te llamó la atención el título, la portada o la curiosidad de leer un libro. Esto querrá decir que logré mi sueño: ¡poder publicar mi primer libro acerca de Zaphirah! Y, si no, sé que alguien de mi familia lo leerá: mi madre, mi padre o mis amigos. El proceso de escribir fue la mejor decisión de mi vida. Desde niña empecé a hacerlo y sea que publique o no mi libro, escribiré toda mi vida. Esa es mi vocación, mi pasión, mi talento y mi terapia para seguir disfrutando cada día de mi vida, con la bendición de Dios.

¡Tú, lectora o lector! ¡No dejes de pelear por tus sueños

y sigue adelante! Que la mejor satisfacción sea que te quieras, te procures, te ames, te consientas, que te aceptes a ti misma(o), pero, principalmente, que tengas FE EN TI, seas quien seas: QUE CREAS EN TI.

Sinceramente,

Zayeminc Baudé.

Narradora de la historia de El Mundo de Zaphirah.

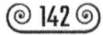

BIOGRAFÍA

Alba Letycia es ingeniera industrial, autora y coach en cambio de hábitos certificada. A lo largo de su vida fue venciendo obstáculos para alcanzar sus sueños. Fundadora de la plataforma Mujeres Emprendedoras y con Espíritu (MEYCE). Dueña y mánager de las plataformas Mujeres Superando Límites, Inspírate, Alba Letycia; El placer de la literatura, Hábitos Saludables, entre otras comunidades virtuales para motivar e inspirar a otros. Consolidándose como escritora, es la creadora de *El mundo de Zaphirah*, haciendo realidad su sueño de publicar tres libros y un cuento infantil bilingüe. *El mundo de Zaphirah* será contado en seis libros llenos de magia y fantasía. Alba Letycia ha logrado ya cinco Best Seller en el primer día de su lanzamiento en Amazon. En el año 2019, el primer libro de la saga de *El mundo de Zaphirah* fue parte de Texas Book Festival, prestigiosa feria a nivel nacional, dedicada a conectar autores y lectores, fomentando así la lectura.

Ella obtiene una crítica de su primer libro por la revista americana *Kirkus Reviews*, como «una historia prometedora y prepara el escenario para futuros volúmenes». Alba Letycia ha liderado seminarios virtuales con más de 30 conferencias online en un mes, con el apoyo del equipo MEYCE por medio de la plataforma Mujeres Emprendedoras y con Espíritu desde el año 2017, plataforma a la que le dedica tiempo voluntario para impulsar, apoyar y hacer sinergia con otras mujeres líderes, mujeres emprendedoras por todo el mundo para crecer juntas y unidas. Desde el año 2021 trabaja en sociedad con Deyanira Martínez, liderando juntas el proyecto *Mujeres que se Atreven y Superan Límites*, logrando así publicar ya el volumen I de *Mujeres que se Atreven y Superan Límites. Historias de inspiración en tiempos difíciles.*

Alba Letycia nació en Longview, Texas, pero la mayor parte de su vida ha radicado en México, donde se inspiró para el inicio de la historia de *El mundo de Zaphirah*. Actualmente vive en Austin, Texas, con su esposo y sus dos hijos.

Alba Letycia

Autora *Best Seller*

CEO Alba Letycia Enterprise

Dueña y Fundadora de @albaletycia

http://www.albaletycia.com

@inspirate @mujeressuperandolimites

@mujeresemprendedorasyconespiritu

DATOS DE CONTACTO:

Alba Letycia
info@albaletycia.com
albaletycia.com

No te pierdas las demás entregas

Made in the USA
Monee, IL
19 June 2023